译文经典

# 人间失格·斜阳

人間失格·斜陽

Dazai Osamu

〔日〕太宰治 著

陈燕 译

上海译文出版社

# 人间失格

# 前　言

我曾经见过那个男人的三张照片。

一张应该是他幼年时期、大概十岁时的照片吧。照片中，他被许多女人簇拥着（她们可能是他的姐妹或者堂姐妹），穿着宽条纹的裙裤，站在庭院的池畔，脑袋朝着左边歪了三十度左右，笑得有些丑陋。丑陋？那孩子的笑容里，倒也不是说丝毫不见世人所说的"可爱"的影子，即便是感觉迟钝的人（对美丑之类毫无兴趣的人）摆着一副无趣的表情，随口夸上一句"真是个可爱的孩子啊！"也不会让人觉得是纯属奉承。可是，假如是稍微受过一点审美训练的人，只消看上一眼，可能就会十分不快地咕哝一句"真是个令人讨厌的孩子"，然后像甩开毛毛虫似的，将那张照片扔掉。

那孩子的笑容让人越看越感到一种莫名的阴森可怕，那根本不是笑容。这孩子脸上没有丝毫笑意。他双手紧紧地握着拳头站在那里，这便是证据。没有人能够一边紧握着拳头一边笑。是猴子，猴子的笑容！只不过把脸上丑陋的皱纹挤到了一起而已。照片上的表情十分古怪，夹杂着一些不洁，令人作呕，让人不由得想说上一句："皱巴巴的丑八怪。"我从未见过表情如此诡异的孩子。

第二张照片中，他的相貌发生了令人惊讶的巨大变化。他一副学生的模样，虽然不清楚是高中时代还是大学时代的照片，但的确极为俊美。然而不可思议的是，照片上的他没有一丝活生生的人的感觉。他穿着学生制服，胸前的口袋露出白色手帕的一角，双腿交叉着坐在藤椅上，脸上依然带着笑容。这次的笑容不再是那种皱巴巴的猴子般的笑容，而是相当巧妙的微笑。不过，仍然跟人的笑容不一样。不知道该说是缺少鲜血的凝重，还是生命的苦涩，没有一丝一毫的充实感，轻得如同羽毛一般，而不是鸟儿。他就那么笑着，像一张白纸似的。总之，给人一种彻头彻尾的假笑的感觉。"造作""轻薄""女气"等说法，都不足以形容。当然，说是"时髦"，也不够到位。而且仔细端详的话，这个俊美的学生身上带着一种怪谈般的阴惨。我从未见过如此诡异的俊美青年。

还有一张照片最为古怪。他的头发有些斑白，无法确定年纪有多大。他待在一间十分肮脏的房间的角落里（从照片上可以清楚地看见墙壁上有三处地方已经剥落），双手搁在小火盆上方。这次他的脸上没有笑容，毫无表情。可以说，他就那么坐着，双手伸向火盆，仿佛自然地死了一般。整张照片透着一股晦气、不祥的气息。怪异之处还不止这些。在那张照片上，他的脸被拍得特别大，我得以仔细地端详那张脸的构造：额头长得平凡，额头上的皱纹也很平凡，眉毛、眼睛、鼻子、嘴巴、下颚也都十分平凡。啊！这张脸不仅毫无表情，甚至无法给人留下任何印象。因为它没有特点。打个比方，当我看完这张照片闭上眼睛，便已经将它忘得一干二净了。房间的墙壁、小火盆等，我都能记得起来，但关于房间里主人公的印象却烟消云散，怎么也想不起来。那张脸无法形容，也难以用漫画或其他手段加以体现。睁开眼睛。啊！想起来了，原来是这样的一张脸——甚至不会有这样的欣喜。说得极端一点，即便睁开眼睛再看一遍那张照片，也想不起来那张脸是什么模样。只会心生不快，烦躁不安，忍不住将视线移开。

即便是所谓的"死相"，也会比它多一点表情或给人留下些许印象。如果给人的躯体安上一颗劣马的头颅，或许就会变成这种样子吧。总之，那张照片会让看到它的人产生一种毛骨悚然的不适。至今为止，我还从未见过如此诡异的男人面孔。

# 第一篇手记

我的人生一路充满了耻辱。

因为我无法参透人的生活。我出生在东北的乡下，直到长大之后，才第一次见到火车。我在火车站的天桥爬上爬下，完全没有意识到它是为了方便人们跨越铁轨而修建的，一心以为这个设施的存在只是为了让火车站像外国的游乐场那样构造复杂且充满乐趣、洋气十足。而且在相当长时间内，我都一直这么认为。对我而言，在天桥上上下下是个相当时髦的游戏。我觉得它是铁路公司所有服务项目中最为贴心的一个。可是，当我日后发现它不过是为了方便旅客跨越铁轨而架设的实用楼梯时，便顿时大为扫兴。

此外，小时候，我在绘本上看到地铁时，也认为它的设计并非基于实用性需求，而是因为人们搭乘地下的车辆要比地上的更为新奇、有趣。

我自小体弱多病，时常卧床不起。我躺在床上，深深地以为床单、枕套、被套之类全都是无聊的装饰品。直到将近二十岁时，我才发现它们居然都是些实用品，不禁为人类的节俭而感到黯然，心生悲凉。

还有，我不懂什么是饥饿。不，这不是在标榜自己成长于衣食无忧的家庭，不是那种愚蠢的意思，而是指我完全不知道饥饿是何种感觉。这话说来可能有些奇怪，即使肚子饿了，我也没有任何感觉。小学、中学时，我放学一回到家里，身边的人便会围上来，七嘴八舌地说道："哎呀，肚子饿了吧？记得我们以前也一样，从学校回到家里时，肚子饿得可厉害了。要不要吃点甜纳豆？还有蛋糕和面包哦！"于是，我便发挥天生喜欢讨好人的精神，一边嘟囔着"肚子饿了"，一边抓起十几颗甜纳豆送进嘴里。其实，我根本不懂什么是饥饿的滋味。

当然，我吃起东西来食量也不小。可是，几乎不记得自己曾经因为饥饿而吃东西。我吃人们眼中的珍馐，吃人们眼中的大餐，去外面用餐时，我甚至勉强自己把那些端上来的菜肴基本吃光。对于儿时的我来说，最为痛苦的时刻实际上是在自己家里吃饭的时候。

在我乡下的家里，一家十几口人分成两排相对而坐，各人面前摆着自己的饭菜。我作为家里最小的孩子，自然只能坐在末位上。餐厅光线昏暗，午饭时间，十几个家人都默不作声地吃着饭，那场景总是让我不寒而栗。而且，我家属于乡下的旧式家庭，菜色总是一成不变，不能指望会有什么珍馐大餐，所以我愈加害怕吃饭的这一刻。在那间昏暗的房间里，自己坐在末位，在寒意逼人、瑟瑟发抖的感觉中，一点一点地将饭送到嘴边，塞进嘴里，心里甚至想道："人为什么要一日食三餐呢？所有人都一脸严肃地吃着，这似乎也是一种仪式。一家人一天三次，在固定的时间聚集在一间昏暗的房间里，秩序井然地摆好饭菜，即使毫无胃口，也必须低头默默地咀嚼，或许是在跟游荡于家中的亡灵们祈祷吧。"

"人不吃饭就会死。"这句话在我听来，不过是一句可恶的恐吓。那种迷信（至今我依然觉得它是一种迷信）总是带给我一种不安与恐惧。人不吃饭就会死，所以必须工作、必须吃饭——世上没有比这句更让我觉得晦涩难解、暗藏威胁的语言了。

总之，我至今依然完全不懂什么是人的营生。自己的幸福观与世人的幸福观截然不同，这让我深感不安。为此，我夜夜辗转难眠、呻吟，甚至几欲发狂。我究竟是不是幸福的？从小常常听人说我是个幸福的人，但我却总感觉自己身处地狱之中。在我眼里，反倒是那些说我幸福的人更为安乐自在，远非我所能相比。

我甚至觉得自己背负着十个祸端，哪怕是其中的一个让旁人背负，都足以要了他的性命。

总之，我不明白。我完全不懂旁人痛苦的性质、程度。那些现实的痛苦，只要吃上饭就能解决的痛苦，却有可能是最为剧烈的痛苦，它一下子就能把我那十个祸端化为乌有，是极为凄惨的阿鼻地狱——关于这个，我琢磨不明白。可是，他们居然没有自杀、没有发狂，谈论政党，不绝望、不屈服，继续与生活抗争，难不成他们其实并不痛苦？他们不是已经成为彻底的利己主义者，深信这一切理所当然，从未对自己产生过怀疑么？倘若如此，确实轻松。可是，是否人人都如此，都以此为满足呢？我不明白……夜里酣然入睡，晨间神清气爽么？他们做了什么梦，走在路上想些什么呢？金钱？不可能只想这个吧？人是为了吃饭而活着的——这个说法，我曾经听说过。但是，我不曾听说过人是为了金钱而活着。不，不过，说不定……不，还是不懂……我越想越不明白，觉得似乎只有自己一个人是异类，这种不安和恐惧向我袭来。我与旁人几乎从不交谈，因为我不知道该说些什么、怎么说。

于是，我想到了一个对策，就是扮演小丑。

这是我对人类最后的求爱。尽管我对人类极为恐惧，却似乎无法对他们彻底死心。我通过扮演小丑这根线，跟人类保持着微弱的联系。表面上，我总是做出一副笑脸，但内心却是拼尽了全力，可以说万分紧张，如履薄冰。在我看来，这种侍奉真是难如登天，一发千钧。

从小，即便是自己的家人，我也完全猜不透他们有哪些痛苦、心里在想些什么。我惶惶不安，无法承受那种尴尬，于是成了装痴卖傻的高手。不知不觉中，我变成了一个一句真话也不说的孩子。

看看当时我跟家人一起拍摄的照片就会发现，其他人都一脸正经，唯独只有我古怪地歪着头露出笑容。这也是我幼稚可悲的装傻行为之一。

不管家人们说我什么，我从来不顶嘴。他们轻微的指责，对我而言都如同霹雳一般震撼，令我几近疯狂。我觉得那些指责正是所谓的万世流传的人间真理，因为自己无力践行，所以不要说顶嘴，我甚至无法跟人同在一个屋檐下。我无法跟人争执，也无法为自己辩解。一旦有人指责自己，便觉得对方说得对，自己错得厉害，总是默默地忍受对方的攻击，心里恐惧得几近发狂。

不管是谁，遭到别人的责难、怒斥，也许都不会觉得好受。可是，我从发怒的人脸上，看出了比狮子、鳄鱼和龙都更为可怕的动物本性。平日里，他们好像都把它隐藏起来了，但一旦遇到机会，便会以发怒的方式将人类可怕的本性暴露出来，就像草原上温和地睡着的牛冷不丁甩动尾巴，将腹上的牛虻狠狠地拍死一般。每当我见此情景，总是感到一种寒毛直竖的战栗。一想到这种本性或许也是人活下去所需的资格之一，我便对自己近乎绝望。

对于人类，我总是心怀恐惧，战战兢兢。作为一个人，我对自己的言行没有丝毫的自信。我把自己的懊恼锁在内心的小角落里，把忧郁和焦虑深藏起来，一心装成天真无邪的乐天模样，渐渐地把自己塑造成了一个装痴卖傻的怪人。

不管怎样，只要把他们逗笑就可以了。如此一来，即便我置身于他们所谓的"生活"之外，他们可能也不会太在意。总之，自己不能成为他们的眼中钉，我是无，我是风，我是空，这种想法越来越强烈。我通过装痴卖傻取悦家人，甚至面对那些比家人更加难懂、可怕的男女下人，我都竭力扮演小丑，逗他们开心。

夏天，我在浴衣里穿一件红色毛衣，在走廊上走来走去，把家里人惹得捧腹大笑。平日里不苟言笑的大哥看到这一幕，也忍不住笑了出来："我说，阿叶，那么穿可不行哦！"

他的语气里充满了怜爱。什么话！再怎么说，我也不至于是那种冷暖不分的怪物，大热天里穿着毛衣四处走。我不过是把姐姐的毛线护腿套在手腕上，让它从浴衣袖口露出一点，让人看起来觉得我穿了毛衣似的。

父亲在东京有许多工作，所以在上野的樱木町购置了一栋别墅，一个月里的大半时间都在东京的那栋别墅里生活。回来的时候，他总是购买许多礼物送给家里人，甚至是亲戚们。这可以说是父亲的一个嗜好。

有一次，在父亲出发去东京的前一天夜里，他把孩子们召集到客厅，一个一个笑着问过去："下次回家时，想要什么礼物？"然后把孩子们的回答一一写在了本子上。父亲很少跟孩子们如此亲近。

"叶藏，你呢？"

父亲这么一问，我支吾着回答不出来。

问我想要什么，我反而一下子什么都不想要了。随便吧，反正没有什么东西能让自己开心——这个念头从心间掠过。与此同时，别人送给我的礼物，不管多么不合自己的心意，我也无法拒绝。对于讨厌的事，我无法直言讨厌。对于喜欢的事，我总是战战兢兢，因为一种极为痛苦、难以形容的恐惧感而苦闷不已。换句话说，我连二者择一的能力都没有。这种毛病可以说是造成日后我的人生充满耻辱的重大原因之一。

见我忸忸怩怩地一声不吭，父亲脸上露出了一丝不悦："还是选书么？浅草的商业街里有卖正月里跳狮子舞用的玩具狮子，小孩戴在头上玩大小正合适，你不想要么？"

一问我"你不想要么"，我就不行了。什么装痴卖傻的话都答不上来了。扮演小丑的演员彻底失败了。

"还是选书吧。"大哥一脸认真地回答道。

"是么。"

父亲一脸扫兴的样子，连写都没写，就把笔记本"啪"地合上了。

多么惨痛的失败！我把父亲给惹恼了，他的报复一定非常可怕。不能趁现在想办法挽回一下么？——那一夜，我一边在被窝里簌簌发抖，一边不停地思考。然后，我悄悄地起身去了客厅，打开父亲刚才放了笔记本的抽屉，取出笔记本，啪啦啪啦地翻开，找到了他记录礼物的那一页，舔了舔笔记本附带的铅笔的笔尖，写下"狮子舞"之后，再回房睡下。其实，我一点也不想要那跳狮子舞用的玩具狮子，反而宁可选择书本。可是，我发觉父亲想要买下玩具狮子送给我，于是为了迎合他的心意，讨得他的欢心，便斗胆冒了个险，在深夜悄悄潜入客厅。

这一非常手段果然如我所料，获得了极大的成功。不久，父亲从东京回来，我在儿童房里听见了他在大声地跟母亲说话。

"在商业街的玩具店里，我打开笔记本一看，发现这里写着'狮子舞'。可这不是我写的字。怎么回事呢？我有些纳闷。后面猜到了，这是叶藏的把戏。我问他的时候，那家伙嬉皮笑脸地不作声，看来是过后想要那狮子想得不行了。那孩子真是个奇怪的小家伙，一副若无其事的样子，却清清楚楚地写下了。那么喜欢的话，直说就好了嘛！我在玩具店里忍不住笑了。快点去把叶藏叫来！"

另外，我还把男女用人召集到西式房间，让一个男佣在钢琴键上乱按一气（虽说是乡下，但家里应有尽有），自己则应和着那不成样的曲调，跳起了印第安舞，逗得大家哄堂大笑。二哥闪起镁光灯，拍下了我跳印第安舞的样子。照片洗出来一看，只见我的小鸡鸡居然从腰布（其实是一块印花的包袱布）的接缝那里露了出来，这又让一家人笑得前仰后翻。对我而言，这或许可以说是无心插柳柳成荫。

我每个月都订十几本新出的少年杂志，还从东京邮购各种各样的书，埋头闷声阅读。"乱七八糟博士"或者"稀奇古怪博士"之类的书，我都了如指掌。而怪谈、评书、单口相声、江户笑话等，我也相当熟悉，所以时常一本正经地说些滑稽的事情，把家里人逗得哈哈大笑。

可是，说到学校，呜呼！

当时，我在学校里开始受人尊敬。"受人尊敬"这个观念也让我相当恐惧。近乎完美地骗过众人，然后被某个全知全能的人识破，面目被彻彻底底揭穿，蒙受比死还痛苦的屈辱——这便是我对"受人尊敬"这一状态的定义。即使一时把人们蒙在鼓里，得到了别人的尊敬，但总会有人看穿自己的把戏。终有一天，众人会从那人口中得知自己上当受骗一事。那一刻，人们的愤怒、报复将会多么可怕！只是想象一下，都会让人毛骨悚然。

我在学校里能够得到别人的尊敬，比起出生于有钱人家，更多是因为俗话常说的"脑子好"。我从小体弱多病，时常请假一两个月，甚至将近一整个学年休学在家，卧床不起。尽管如此，当我拖着刚刚病愈之身坐人力车回到学校参加期末考试时，居然考得比班上任何人都要好。身体状态好的时候，我也完全没有学习。即使去了学校，也是在课堂上画些漫画什么的，然后在课间休息时，把画好的东西说给班上的同学们听，逗他们开心。另外，写作文的时候，我净写一些滑稽的事情，即使挨了老师警告我也不悔改，因为我知道老师实际上暗地里也喜欢我写的滑稽故事。有一天，依照惯例，我将自己跟着母亲搭乘火车去东京时把尿撒在了车厢过道痰盂里的糗事（当时，我并非不知道那是痰盂，而是为了表现孩子的天真，所以才故意那么做的）写成一篇作文提交了上去，笔调中刻意掺杂着几分难过的样子。我相信老师看了之后肯定会大笑。于是，当老师返回办公室时，我便悄悄地跟在老师身后。只见一出教室，老师便立刻把我的作文从班上学生的作文中抽了出来，在走廊上边走边看，咻咻地笑着。走进办公室时，可能是恰好全部看完了吧，老师满脸通红地大声笑着，立刻把作文拿给其他老师看。看到这一切，我心里觉得非常满足。

淘气鬼。

我成功地让自己在别人眼中成为一个淘气鬼，成功地逃离了受人尊敬的境地。我的成绩单上所有科目都是 10 分，唯有操行一项有时 7 分，有时 6 分，这又是惹得全家人大笑的一个话题。

可是，我的本性跟这种淘气鬼恰恰相反。那个时候，我已经被家里的男女用人所侵犯，教会了可悲的事情。如今，我认为，对年幼的孩子做出这种事情是人类所有犯罪中最为丑恶、卑劣、残酷的行径。可是，当时我没有作声，甚至觉得自己由此又发现了人类的一种特性，只是无能为力地笑笑。假如自己当时养成了说真话的习惯，或许就敢于跟父母告发他们的罪行了。然而，我连自己的父母也无法完全了解。我对诉诸他人这一手段不抱任何期待。无论是跟父亲告发，跟母亲告发，还是跟警察告发，跟政府告发，最终不还是那些老于世故的人、深谙处世之道的人为所欲为、占了上风？

我十分明白，结局必定存在不公。说到底，诉诸他人是徒劳的。自己终究未能说出实情，只能忍气吞声，继续装痴卖傻。

什么！你是在说你不相信他人么？咦，你什么时候成了基督徒了？——或许有人会这么嘲笑我。但我觉得，对他人的不信任未必会立即通往宗教之路。包括那些嘲笑我的人在内，所有人都置身于彼此的不信任之中，心中没有半点耶和华的影子若无其事地活着。接下去，还是一件发生在我幼年时期的事情。父亲所在政党的一个名人来我们小镇作演讲。男佣们领着我去剧场旁听。剧场里座无虚席，镇上跟父亲关系亲近的人全都来了，他们在现场使劲地鼓着掌。演讲结束之后，听众们三三两两地踏着积雪的夜路回家，一路上把当晚的演讲骂得一文不值。其中有些人平日里跟父亲交情匪浅。父亲的那些"同志们"以近乎愤怒的语气指责父亲的开幕致辞十分差劲，批评那个名人的演讲从头到尾不知所云。之后，那些人顺路来到我家，拥进了客厅，做出一副兴高采烈的样子，对父亲说："今晚的演讲会真是太成功了！"连那些男佣在母亲询问演讲会情况如何时，也都若无其事地回答说非常精彩。在回来的路上，他们明明一直抱怨说："没有比演讲会更无聊的了。"

这件事不过是个微不足道的例子。人们彼此之间互相欺骗，却不可思议地毫发无损，甚至似乎从未察觉彼此之间的欺骗，这实在精彩。如此清清楚楚、亮亮堂堂、开开心心地互不信任的例子，在人们的生活中四处可见。不过，对于人们互相欺骗一事，我没有特别的兴趣。因为我自己也是装痴卖傻，一天到晚都在欺骗他人。我对德育教科书式的正义或者所谓的道德之类没什么兴趣。那些人在互相欺骗的同时，还能清清楚楚、亮亮堂堂、开开心心地活着，或者说还能自信地活着，对我而言实在是难以理解。人们终究没有告诉我其中的奥妙。倘若我能明白这一点，或许就不会如此害怕他们，也用不着拼命地讨好他们，更不必与人们的生活相对立，夜夜品尝这地狱般的痛苦了。总而言之，我之所以无法将男女用人对自己犯下的令人发指的罪恶向任何人告发，不是因为我无法信任人类，当然也并非基于基督教的教义，而是因为面对这个名为叶藏的自己，人们紧紧地关上了信任之门。即使是父母，也时常显露出令我难以理解的一面。

我觉得，我身上无法跟任何人倾诉的孤独气息，被许多女性本能地捕捉到了，这或许是日后导致自己被乘虚而入的种种诱因之一。

换言之，对于女人而言，我是一个能够守住恋爱秘密的男人。

# 第二篇手记

在紧紧地依偎着浪涛的海岸边，伫立着二十多棵树皮黝黑、身形高大的山樱树。新的学年开始时，在蓝色大海的衬托下，山樱吐出坚韧的褐色嫩芽，花朵绚烂地绽放。不久，落花时节，无数的花瓣纷纷散落海中，镶于海面随波逐流，最后跟着海浪再次回到岸边。东北的某所中学直接将这满是樱花的沙滩当做校园使用。我虽然并未像样地准备考试，却顺利地被这所中学录取了。这所中学的校帽徽章和校服纽扣上都镌刻着樱花图案。

一个远房亲戚的家就在这所中学附近。也是出于这方面的理由，父亲为我选择了这所伴有大海和樱花的中学。我寄住在那个亲戚家里。学校就在旁边，所以我常常在学校晨会的钟声响起之后才跑去上学，是个相当懒散的中学生。尽管如此，凭借自己一贯的耍宝本领，我在班上的人气与日俱增。

虽说是有生以来第一次来到他乡，但对我而言，这里比自己出生的家乡更为快活惬意。这是因为当时自己已经逐渐掌握了装傻的技巧，糊弄他人不再像以前那般辛苦。不过，比起这一点，更为重要的是，不管是何种天才，即便是上帝之子耶稣，在面对亲人与外人、故乡与他乡时，都不可避免地存在演技上的难易之别。对于演员而言，最难施展演技的地方是家乡的剧场。如果待在一个三亲六戚齐聚一堂的房间里，恐怕不管是多么出色的演员都无从施展演技。可是，我却一路演了下来，而且相当成功。像我这样的老江湖，自然不可能在他乡失手。

　　自己对人的恐惧依然在心底强烈地蠢动着，跟以前相比，可以说是有过之而无不及。不过，我的演技却日臻成熟，在教室里总能逗笑班上那些人，连老师们也一边捂着嘴笑，一边叹息道："这个班要是没有大庭，一定是个特别好的班。"我甚至轻易就能把那些说话跟打雷似的驻校军官也逗得哈哈大笑。

　　我以为自己已经将真面目彻底地隐藏好了，正想松一口气的时候，却冷不丁地被人从背后刺了一刀。这个从背后突袭我的人，是班上最为瘦弱的一个，他面色青肿，总是穿着父兄的旧上衣，那袖子长得像是圣德太子①的衣袖似的。他

---

① 圣德太子（574—622），用明天皇次子，笃信佛教，推古天皇时期担任摄政大臣，通过派遣遣隋使引进中国先进的文化、制度，制定了冠位十二阶、十七条宪法等。

的功课一塌糊涂，军训课和体操课都只能在一旁见习，是个白痴似的家伙。我当时觉得完全没有必要提防他。

那天体操课上，那个学生（他姓什么我现在记不清了，名字好像是竹一）竹一跟往常一样在一旁见习，我们则被安排练习单杠。我故意做出一副极为严肃的表情，"哎"地大叫一声，朝着单杠冲了过去。然后，像跳远似的跃向前方，一屁股坐在了沙地上——这一切都是我设计好的一场"失败"。众人果然捧腹大笑，我则一边苦笑，一边起身将裤子上的沙土拍掉。不知什么时候，竹一已经站在了我身后，他戳着我的后背低声说道："故意的，故意的。"

我大为震惊。万万没有想到，我假装失败的把戏居然被竹一看穿了。我仿佛看到整个世界瞬间被地狱的业火包围，熊熊燃烧。我竭尽全力地克制住了自己大叫一声陷入疯狂的冲动。

接下去的日子里，我生活在不安与恐惧之中。

表面上，我仍然继续扮演着可悲的小丑，哗众取宠，但有时会忍不住发出重重的叹息。自己不管做些什么都被竹一彻底看破，而且他很快会将这些四处宣扬。一想到这里，我的额上便冒出油腻腻的汗水，用疯子似的怪异眼神徒劳地四下张望。如果可能的话，我甚至想一天二十四个小时都守在竹一身旁，监视着他，不让他随口泄露秘密。在我缠着他的时间里，要想方设法使他相信，我的装痴卖傻不是所谓的

"故意"，而是真的出丑。运气好的话，甚至想跟他成为独一无二的好友。倘若这一切都成了泡影，那我只能祈祷他归西了。不过，我到底没有要杀了他的念头。活到现在，虽然的确有几次期待自己死在别人手上，但从未想过要夺人性命。因为我觉得，那么做反而是给可怕的对手送去幸福了。

为了笼络竹一，我常常脸上堆满了假基督徒般的"温柔"媚笑，脑袋向左倾斜三十度左右，轻轻地搂着他瘦小的肩膀，嗲声嗲气地邀请他来我寄住的家里玩。他总是目光茫然，一语不发。记得应该是初夏时节，有一天傍晚放学时，突然大雨滂沱，学生们都为回不了家发愁。我因为家就在附近，便满不在乎地准备往外冲。这时，我突然发现竹一无精打采地站在鞋柜旁的角落里，就说道："走吧！我借把伞给你。"然后拽起畏畏缩缩的竹一的手，一起冲入暴雨中，一路狂奔。到了家里，我将两个人的上衣交给婶婶，拜托她帮忙烘干，成功地把竹一拉进了二楼自己的房间。

这户人家只有三口人。年过五十的婶婶，三十岁左右、戴着眼镜、似乎有病在身的个子高挑的姐姐（她曾经出嫁过，后来又回到了娘家。我也跟着这家人一起，称她为"姐姐"），还有一个名叫节子的妹妹。节子好像最近刚从女校毕业，长得跟姐姐一点也不像，小小的个子，圆圆的脸蛋。楼下的铺子里摆放着少量的文具和运动用品。不过，一家人主要的收入来源似乎是已故的男主人留下来的五六栋平房的房租。

"耳朵好痛。"竹一站在那里说道,"淋了雨,耳朵就痛。"

我瞧了瞧,只见他的两只耳朵都患有严重的中耳炎,脓水眼看就要流到耳廓外面来了。

"这样可不行,很疼吧?"我夸张地作出一副吃惊的样子。

"都怪我硬把你拉进大雨里,对不起哦!"我学着女人的措辞,"温柔"地跟他道歉。然后下楼要来棉花和酒精,让竹一枕着我的膝盖躺下,细心地帮他清理耳朵。竹一好像并未察觉到这是一个伪善的诡计,居然枕着我的膝盖,傻里傻气地说了一句奉承话:"女人一定会迷上你的。"

多年以后,我才知道,这句话如同恶魔的预言般可怕。而这一点,也许连竹一自己都不曾意识到。我认为"迷上"也好,"被迷上"也好,这话极为粗俗、玩世不恭,带着一股洋洋自得的味道。不管是何种"严肃"的场合,只要它一冒出来,忧郁的伽蓝①便顷刻间崩塌,变成一堆废墟。不过,倘若舍弃"被迷上的苦恼"之类的低俗说法,改为"被爱的不安"等文学性语词,似乎就不会破坏那忧郁的伽蓝,这真是不可思议。

---

① 佛教用语,指僧众共住的园林,即寺院。

"女人一定会迷上你的"——这句傻里傻气的奉承话是竹一在我帮他处理中耳炎的脓水时说的。当时，我只是红着脸笑了笑，没做任何回答，实际上心里略微有些深以为然。不过，在"被迷上"这种粗鄙说法滋生出的自鸣得意气氛之下，我竟然写下"深以为然"之类的言辞，那简直就是一种愚蠢之至的抒怀，甚至还不如单口相声中那些傻少爷的台词。我绝不是带着那种玩世不恭、自鸣得意的感觉"深以为然"的。

在我看来，女人比男人要难懂得多。家人中女性的人数多于男性，亲戚里也有不少女孩，再加上那些侵犯过我的女佣，如果说我是从小在女人堆里长大的也丝毫不为过。但是，跟那些女人打交道，我一直有一种如履薄冰般的感觉。我几乎无法摸清状况，常常是一头雾水。有时不小心踩到了老虎尾巴，便遭到严重的打击。这不同于男人施加的棍棒之苦，像是内出血一般，给我的内心带来极度的不快，是一种难以治愈的创伤。

女人们靠近我，又把我无情地甩开。有人在场时，她们鄙视我，十分冷漠；一旦无人在场，又紧紧地抱住我不放。女人熟睡时，像是已经死去一般——难不成女人是为了睡眠而活着的？我从小对女人进行了各种角度的观察，尽管她们也是人类，却跟男人是截然不同的生物。而这种难以捉摸、不可小觑的生物竟然莫名其妙地来招惹我。我认为，"被迷上"或"被喜欢上"之类的说法并不适合于自己，或许"被招惹上"这个说法才是符合实际情况的。

女人似乎比男人更加享受"耍活宝"。当我装痴卖傻的时候，男人不会一直哈哈哈地笑个不停。我也知道，在男人面前，如果得意忘形装傻失了分寸就会导致失败，所以总是尽量留心适可而止。可是女人却不知何为适度，总是没完没了地要求我表演滑稽的把戏，我应付她们无休无止的"再来一个"折腾到筋疲力尽。她们实在能笑，女人似乎比男人更加耽溺于快乐之中。

我在中学时代寄宿过的那户亲戚家的姐姐和妹妹只要一得空就跑到二楼我的房间来，每次我都被吓得几乎要跳起来，心惊胆战。

"正在学习么？"

"没有。"

我微笑着合上了书本。

"今天啊，在学校里，有个叫'棍棒'的地理老师……"

胡乱编造的笑料极为麻溜地脱口而出。

"阿叶，你戴上眼镜试试。"

一天晚上，妹妹节子跟姐姐一起来我房间玩，让我做了各种搞笑表演之后，提出了这样的要求。

"为什么？"

"别问那么多，你戴上试试，把姐姐的眼镜借过来好了。"

节子平日里总是这副粗暴的命令语气。于是我这个小丑便乖乖地戴上了姐姐的眼镜。姐妹俩顿时笑倒在地。

"一模一样！跟劳埃德①一个样！"

当时，一个叫做哈罗德·劳埃德的外国喜剧电影演员在日本深受欢迎。

我站了起来，举起一只手，说道："诸位，我在此向日本的影迷们……"

我试着来一段致辞，又是让她们笑得前仰后翻。自那以后，每逢镇上的影院上映劳埃德的电影我都去观看，暗自琢磨他的表情等。

一个秋天的夜里，自己正躺着看书，姐姐像只鸟儿似的飞快地跑进我的房间，突然扑倒在我的棉被上哭道："阿叶，你会帮我的对吧？是吧？我们一起逃离这个家吧！救救我吧，救救我！"

她胡乱地说些疯狂的话，接着又哭起来。我并不是第一次见识女人的这种模样，所以对于姐姐过激的言辞并未感到吃惊，反而觉得那些话陈腐、空洞，让人扫兴。我轻轻地爬出被窝，拿起桌子上的一个柿子剥开来，递给她一块。于是，她抽抽噎噎地吃着柿子，说道："有什么好看的书么？

---

① 哈罗德·劳埃德（1893—1971），美国喜剧电影明星。

借我一本看看。"

我从书架上挑了一本夏目漱石的《我是猫》给她。

"谢谢你的柿子。"姐姐有些羞赧地笑着离开了房间。不光是这位姐姐，世上的女人们究竟是以什么样的心情活着的？对我而言，思考这个问题简直比琢磨蚯蚓的想法还要复杂、麻烦、可怕。不过，我自幼根据自己的经验摸索出一个道理，如果女人突然开始哭哭啼啼，只要递给她一些甜食，她吃了之后心情便自然会好转。

另外，妹妹节子甚至把朋友都带到我房里来，我照例公平地逗大家开心。朋友们走了之后，节子总是会说那些人的坏话，例如哪个人是不良少女，要多加小心之类。既然那样，自己不带她们来玩不就行了么？结果，因为节子的缘故，来我房间的客人几乎全都是女的。

可是，这离竹一恭维我的那句"被女人迷上"变为现实，还有很长的一段距离。换句话说，我还只不过是日本东北乡下的"哈罗德·劳埃德"。竹一傻气的恭维作为一句不祥的预言变成活生生的现实，暴露出狰狞的面目，那是多年以后的事情了。

竹一还送给我另外一个重要的礼物。

有一天，竹一到二楼我房间里来玩的时候，他非常得意地给我看了一张他带来的原色版卷首插图，解释道："这是妖怪的画像。"

咦！我心里吃了一惊。多年以后，我总有一种强烈的感觉，似乎自己的堕落之路在那一瞬间就已经注定。当时我知道，那不过是一张凡·高的自画像罢了。在我的少年时代，法国印象派画作在日本十分流行。西洋画鉴赏基本上都是由此入门，即便乡下的中学生也大都看过高更、塞尚、雷诺阿等画家作品的照片版。我自己也见过相当多原色版的凡·高作品，对其笔法之精妙、色彩之鲜艳颇感兴趣，但从未将它视为妖怪的画像。

　　"那，这种画怎么说？也是妖怪么？"

　　我从书架上抽出了莫迪里阿尼的画册，给竹一看那张肌肤像是晒成了古铜色的有名的裸女画像。

　　"厉害啊！"

　　竹一瞪大了眼睛赞叹道："像是地狱之马。"

　　"还是妖怪啊。"

　　"我也想画这种妖怪的画像。"

　　对人类感到极为恐惧的那些人反而更加期待亲眼看见可怕的妖怪，越是神经质、胆小如鼠的人，越是渴望暴风雨来得更加猛烈一些。啊！这一群画家，他们在人类这种怪物的伤害、恐吓之下，最终选择相信幻影，认为自己在光天化日之下真实地目睹了妖怪。而且，他们没有通过装痴卖傻之类加以掩饰，而是尽力真实地再现所见的一切。正如竹一所说，他们毅然决然地画下了"妖怪的画像"。自己未来的同道或许就在其中！我激动得几欲落泪，不知为何压低了声音对竹一说道："我也要画！画妖怪的画像，画地狱之马！"

从读小学的时候开始，我就喜欢动手画画，欣赏画作。不过，我画的画不像作文那样受到旁人的称赞。我原本就不相信人们说的话，作文之类对我而言不过是装痴卖傻的开场白。从小学到中学，我的作文一直让老师们读得乐不可支，但我自己却觉得索然无味。只有绘画（漫画之类另当别论）让我在如何展现对象上多少花了一些心思，虽然手法略显稚嫩，但有我自己的风格。学校的图画教材枯燥无味，老师的画乏善可陈，我不得不胡乱地自行摸索各种表现手法。进入中学之后，我有了一整套油画的画具，试图模仿印象派画风的笔触，但画出来的作品就像彩纸工艺品般缺乏立体感，不成样子。不过，听了竹一的这番话，我发现自己之前对绘画的认识完全是错误的。妄图要将美好的事物如实、优美地加以呈现，这是何等天真、愚蠢。大师们凭借自己的主观创作将平凡无奇的对象塑造得精美绝伦，面对丑陋的事物，尽管几欲作呕，却依然不掩饰对它的兴趣，沉浸于艺术表现的喜悦之中。换句话说，绘画与他人的看法无关，我从竹一那里得到了这一最为本源的画法秘籍。背着那些来访的女性客人，我开始慢慢着手创作自画像。

我画出了一幅阴惨得连自己都颇为吃惊的自画像，然而这才是隐藏在我内心深处的真实面目。表面上我笑得开朗，也把别人逗得开怀。实际上我暗暗承认，自己确实有一颗阴郁的心，这是无可奈何的事。不过，我到底没给别人看这幅自画像，除了竹一之外。我不希望别人识破我耍宝背后的阴惨，开始小里小气地处处提防。此外，我还担心他们察觉不到这幅画是我的真面目，反而以为是我新设计的耍宝，把它当做大笑料。对我而言，这是最为痛苦的事情。所以，我马上将它藏进了壁橱最深处。

此外，在学校的图画课上，我也将这种"妖怪式画法"藏了起来。跟以前一样，我将那些美好的事物用美好的方式描绘出来，笔触平庸。

一向以来，我只有在竹一面前才能将自己敏感脆弱的神经坦露出来。这次的自画像我也放心地给他看了，他赞不绝口。于是，我又接连画出了第二张、第三张妖怪式的画像，得到了竹一的另一个预言："你会成为一个了不起的画家。"

傻乎乎的竹一在我的额上烙下了"被女人迷上"和"成为了不起的画家"这两个预言。不久，我来到了东京。

我本想考美术学校，但父亲早就打算让我读高中，日后进入仕途，并且已经知会过我，生来不会顶嘴的我只好茫然地遵从父亲的意思。父亲让我从四年级开始试着报考高中，而我也已对这所拥有樱花和大海的中学感到厌倦，于是放弃了继续升上五年级，在四年级结束之后便报考了东京的高中。我被录取之后，立即开始了宿舍生活。然而，宿舍生活的脏乱与粗野让我难以忍受，顾不上什么装痴卖傻，请医生帮忙开具了一份浸润型肺结核的诊断书，搬出了宿舍，住进了父亲在上野樱木町的别墅。对我而言，集体生活是无论如何也过不下去的。那些"青春的感动""年轻人的自豪"之类的说法，我听了之后寒毛直竖。所谓的"高中生精神"，我追随不了。我甚至觉得，教室也好，宿舍也罢，都是堆满了被扭曲的性欲的垃圾场，而自己近乎完美的搞笑在此毫无用武之地。

议会休会期间，父亲每个月只会在别墅里待上一两个星期。其他时间，这栋相当宽敞的别墅里只有老管家夫妇俩和我三个人生活。我虽然时不时逃学，却也没什么兴致逛东京（看来，我这辈子最后也看不到明治神宫、楠正成[①]铜像、泉岳寺四十七义士[②]墓了），整天待在家里看书、画画。父亲在的时候，我每天都早早出发去学校。不过有时候，我也会跑到本乡千驮木町的西洋画家安田新太郎的画塾去，练上三四个小时的素描。我搬离高中宿舍之后，即使去学校上课，也总觉得自己像个旁听生似的，身份特殊。这也许是因为我性格乖僻，总觉得有些意兴阑珊，越来越懒得去上学。从小学、中学一直到高中，我最终也没能明白什么是爱校之

---

① 即楠木正成（1294—1336），日本镰仓幕府末期至南北朝时期著名武将。
② 即元禄赤穗事件中的四十七义士，遗骨被统一安葬于东京的泉岳寺内。

心，从未想过学唱校歌之类的。

不久，我从画塾一个学画的学生那里知道了酒、烟、娼妇、当铺和左翼思想。这组合虽然奇怪，但事实如此。

这个学画的学生名叫堀木正雄，出生在东京的平民区，比我年长六岁。从私立美术学校毕业之后，由于家里没有画室，就来这间画塾继续学习西洋画。

"能借我五块钱么？"

我跟他彼此只是认识而已，之前从未说过话。我慌忙递过去五块钱。

"好嘞！走，去喝一杯！我请客！真是个好少年呐！"

我没法拒绝，于是被他拉到了画塾附近蓬莱町的一家酒馆。这就是我跟他交往的开始。

"我注意你很久了。瞧瞧，就是那种腼腆的微笑，那可是有前途的艺术家特有的表情呐。来，为了我们的友情，干杯！阿绢，这小子是个美男子吧？可不能迷上他哦。都是因为这小子来了画塾，害得我只能屈居美男子第二名了。"

堀木肤色微黑，长相端正。跟一般学画的学生不同，他穿着像模像样的西装，系着素净的领带。抹着发蜡的头发从正中间分开，纹丝不乱。

因为是陌生的地方，我感到十分窘迫，一会儿叉着胳膊，一会儿又松开，脸上始终挂着腼腆的微笑。喝下两三杯啤酒之后，莫名地感受到了一种获得解放似的轻松。

"我之前想进美术学校来着……"

"不不，没意思。那种地方没什么意思。学校无聊透了！我们的老师在大自然之中！是对于大自然的那种激情！"

可是，我对他所说的话一向没有什么敬意。我认为他是个傻瓜，作的画肯定也很差劲，但是一起玩乐的话或许还是个不错的同伴。换句话说，当时自己生平第一次见识到了真正意义上的市井无赖。虽然表现出来的形式有所不同，但在完全游离于世人的凡俗生活之外、充满迷茫这一点上，我俩的确是同类。不过，他是在无意中扮演了小丑，并且浑然不觉其中的悲哀，这是他跟我本质上的区别。

我始终看不起他，认为不过是玩乐而已，只是把他当做一个酒肉朋友交往罢了，有时甚至对自己与他为伍感到羞耻。结果，在结伴寻欢作乐的过程中，自己居然被这个男人打败了。

一开始，我一门心思以为他是个好人，难得一见的好人。自己向来对人怀有恐惧感，当时却也完全放松了警惕，甚至觉得遇上了一个不错的东京向导。其实，如果我独自一人的话，坐电车时会对售票员心生恐惧；想进歌舞伎座看表演，正面玄关处铺有红地毯的台阶两边站着的接待小姐让我望而却步；去餐厅吃饭，悄然站在自己身后等着收拾空盘子的侍应生令我惴惴不安；尤其是付账的时候，天哪！自己那笨手笨脚的动作！我买完东西付钱时，不是因为舍不得，而是因为过度的紧张，因为过度的羞怯，因为过度的恐惧不安，觉得晕头转向，世界一片黑暗，几乎陷入半疯狂的状态之中，不仅忘记收下找零的钱，有时甚至把买好的东西都落下，更别说砍价了。我独自一人根本无法在东京街头转悠，无奈之下，不得不整天待在家里，无所事事。

可是，如果把钱包交给堀木跟着他走，他不但砍价手段一流，而且还是个玩乐方面的高手，总有本事花最少的钱获取最大的欢乐。他避开昂贵的计程车，将电车、巴士、蒸汽铁皮船等搭配使用，在最短的时间内到达目的地，这是他的拿手好戏。他还带我实战演练了一下，一早从娼妓那里返回家中时，顺路去某某料亭泡个澡，点份汤豆腐，喝点日本酒，钱花得不多，感觉却很奢华。此外，他还告诉我路边排档卖的牛肉饭、烤鸡串物美价廉、营养丰富，信誓旦旦地说要想醉得快，没有比"电气白兰地①"更带劲儿的了。总之，由他来付账，我从未感到过丝毫不安与恐惧。

此外，跟堀木交往的另一个好处是，他完全无视对方的想法，一味地释放着所谓的热情（或许，热情即意味着无视对方的立场吧），一天到晚不停地说些无聊的事情，完全不

---

① 一款以白兰地为基酒的鸡尾酒，相传最早于明治十五年由"神谷酒吧"的创始人神谷传兵卫调制而成。当时"电气"在日本属新生事物，一些商品为突出新潮的特点，常常在名称前面加上"电气"二字，以凸显其时髦。

用担心两个人走累了会陷入尴尬的沉默之中。跟人交往时，我非常担心出现那种可怕的冷场，所以原本寡言少语的我才会视之为洪水猛兽，拼命地说些玩笑话救场。可是，如今堀木这个傻瓜在无意中主动扮演了小丑的角色，我便没怎么认真搭理，只是随意听着，不时奉上一句"真的么？"，笑笑即可。

不久，我渐渐明白了，酒、烟、娼妇都是有助于摆脱对他人的恐惧感的有效手段，哪怕是一时片刻。为了求得这些手段，纵然倾尽所有我也不会后悔。

对我而言，娼妇既不是人，也不是女人，她们看起来像是白痴或是狂人。在她们怀里我反而觉得十分安心，可以香甜地堕入梦乡。她们没有丝毫的欲望，几近悲凉。她们也许从我身上感受到了一种同类的亲近感吧，常常对我释放出自然而然的善意，不会让我觉得受到束缚，那是一种不带任何算计的善意，绝不强加于人的善意，对萍水相逢之人的善意。一些夜里，我甚至从这些像是白痴或狂人的娼妇身上，亲眼看到了圣母马利亚的光环。

然而，当我为了躲开对于人的恐惧求得一夜浅眠，去妓院跟自己的"同类"——娼妇们一起玩乐之时，不知不觉中一种不祥的气息开始萦绕在我的四周。这完全出乎我的预料之外，可以说是"附送的赠品"。渐渐地，这份"赠品"越来越清晰地浮出表面，当堀木跟我指出这一点时，我不禁愕然，感到有些厌恶。在旁观者眼里，借用一种低俗的说法，我是在通过娼妇修炼驭女之术，而且近来本领明显见长。据说这种修炼倘若经由娼妇之手则可谓最为严苛，但也特别见效。我身上已经散发出"猎艳高手"的气息，女人们（不只是娼妇）凭借本能嗅到这种气息，凑上前来。作为"附送的赠品"，我沾染上了这种下流、不光彩的气息。而且，这一点十分明显，远远地超过了我原本寻求的放松。

堀木那么说，也许一半是出于对我的恭维。可是我自己也郁闷地想到了一些事情。例如：咖啡馆①的女人给我写过幼稚的情书。每天早上在我去上学时，樱木町别墅隔壁将军家那个二十岁左右的女儿明明没什么事情，却化着淡妆在自家门口进进出出。去餐馆吃牛肉，虽然我一言不发，但那里的女店员却……还有，我经常光顾的那家烟店老板的女儿递给我的烟盒里……还有，去看歌舞伎时，隔壁座位上的女人……还有，深夜的电车上，我喝醉了酒酣然入睡……还有，家乡亲戚家的女儿突然寄来一封一往情深的信……还有，不知哪个姑娘，在我外出时，送来一个亲手制作的人偶……因为我的态度极为消极，所以这些事情都止步于此，只剩下零星片段，不曾有任何后续发展。我身上似乎散发着一种让女人陷入幻想的气息，这并非炫耀或什么不正经的玩

---

① 日本20世纪前半期，曾经流行过一种兼营餐饮与特殊服务的咖啡馆，也称作"社交茶馆"等。

笑，而是无法否认的事实，被堀木之类的人一语道破，让我感到一种近似于屈辱般的苦楚。同时，我也突然失去了和娼妇寻欢作乐的兴趣。

堀木出于他那虚荣的赶时髦心理（直至今日，我依然想不出堀木会有其他什么理由），有一天带我去了一个名为共产主义读书会（他们好像称之为 R·S，我记得不太清楚）之类的秘密研究会。对于堀木那种人而言，共产主义的秘密集会或许也是"游览东京"的项目之一。我被介绍给所谓的"同志"，买了一本小册子，然后听一个坐在上座、长相十分丑陋的青年讲了一通马克思主义经济学。不过在我看来，他说的都是些明摆着的事。虽然道理上是那么回事，但是人类的内心却有着更为不可思议、可怕的东西。说是欲望，不够准确，说是虚荣，不够到位，即使同时列出色与欲，也依然不够充分。我觉得在人世的深处不只存在着经济，还有一种近似于鬼怪故事的东西。我对鬼怪故事十分恐惧，自然赞成所谓的唯物论，正如对水往低处流持肯定意见一般。然而，我却并未因此摆脱对人的恐惧。放眼新绿时，我无法从中感受到希望的喜悦。尽管如此，我还是一次不落地参加了R·S集会（好像是那么说的，也可能错了）。那些"同志"煞有介事、一脸严肃地沉浸在类似于"一加一等于二"初级算术般的理论研究之中，看起来着实滑稽。我凭借自己那套搞笑耍宝的本事，尽力让集会变得轻松一些。也许是因为这个吧，集会沉闷的气氛逐渐消失，自己甚至成了会上不可缺少的红人。这些思想单纯的人可能以为我也跟他们一样，是个单纯、乐天而且爱逗乐的"同志"。倘若如此，自己则是彻头彻尾地欺骗了他们。我不是他们的同志。不过，我总是积极地参加他们的集会，为他们献上自己的搞笑表演。

因为我喜欢，我喜欢这群人，但那种亲近感未必是缘于马克思主义。

非法——我暗自享受着这种感觉。或者不如说，我待在集会中觉得非常舒适。这世上合法的事物反而令人害怕（它们传来一种深不可测的强势气息），其构造复杂难解。我实在无法待在那没有窗户、寒意彻骨的房间里，即使外面是非法的汪洋大海，我也要纵身跃入，一直游到死去——对我而言，似乎这样更加轻松痛快。

有个说法叫"见不得光的人"，用来指世上那些悲惨的落败者、悖德者。我觉得自己是一个从出生那一刻开始便见不得光的人。所以，每当遇见那些被世人称作"见不得光的人"的人时，我的心便会变得温柔。而且，我的"温柔之心"，温柔得甚至让自己都深深地为之陶醉。

此外，还有个词语叫"罪犯意识"。活在这个世上，尽管我终生为这种意识所苦，但它如同我的糟糠之妻一般，是我的良伴。与它相依为命、寂寂相戏，或许也是我活着的一种姿态。俗话说"胫上有伤口，内心藏隐疾"，从我还是个婴儿时开始，一边的小腿上便自然有了这伤口。长大之后，非但不见痊愈，反而变得愈来愈深，直达胫骨，我夜夜承受的痛苦如同堕入变幻万千的地狱一般。然而，那伤口渐渐变得比自己的血肉还要令我觉得亲密，伤口的痛楚也即伤口鲜活的情感甚至令人觉得像是一种充满爱意的低语（这是一种非常诡异的说法）。对我这样的男人来说，地下运动组织的氛围让我莫名地感到安心、舒适。换句话说，比起运动本身追求的目标，它的形式跟我更加契合。至于堀木，他只是怀着看热闹的心态，自从把我带到集会上之后就再也没有出现过。他开着拙劣的玩笑，说什么马克思主义者在研究生产的同时还必须考察消费，便不再靠近集会，只是一个劲儿地想邀我去考察消费。细想起来，当时，马克思主义者也是形形色色的。既有像堀木那样出于一种虚荣的时髦自称为马克思主义者的人，也有像我这样仅仅是因为喜欢那种非法气息所以沉浸其中的。假如我们的真面目被那些真正的马克思主义者识破的话，只怕等待堀木和我的将是一场滔天的怒火。我们将会被视为卑劣的叛徒，赶出门外。可是我，甚至堀木，一直都没有被组织开除。尤其是我，比起合法的绅士们的世界，反倒是待在这个非法的世界里更加游刃有余、举止自如，故而被视为前途可期的"同志"，不时被委以各色秘密任务，真是可笑。实际上，我对这类任务从不推辞，平心静气地照单全收，也不曾因为举止紧张而引起走狗（"同志"

们都这么称呼警察）的怀疑和盘查，导致行动失败。我总是轻松地在说笑中准确无误地完成他们所说的危险任务（那些地下运动的成员总是万分紧张，极度戒备，甚至蹩脚地模仿侦探小说中的做法。交给我的工作其实都是些无聊到令人瞠目结舌的小事，但他们都极尽渲染之能事地形容为危险任务）。我当时的想法是，成为一名党员，然后被捕入狱，即使被判终身监禁也无所谓。我甚至认为，与其面对世上人们的"真实生活"终日惶恐不安，夜夜在不眠的地狱中呻吟，不如待在牢里，也许反而会痛快一些。

父亲在樱木町的别墅里，有时接待客人，有时外出办事。尽管我们住在一起，有时却一连三四天都不照面。我总觉得父亲难以亲近、令人害怕，想离开这里找个地方寄宿。还没等我把这个想法说出口，别墅的老管家告诉我，父亲打算把这栋房子卖掉。

父亲的议员任期即将届满，应该是有各种各样的原因，他看来没有再次参选的意图。而且，他在老家建了一栋归隐之后的住所，对东京也没有什么留恋。他可能觉得，为了我区区一个高中生特意提供宅邸与用人不过是一种浪费（父亲的心事，跟世上其他人一样，对我而言，也是难以了解的）。总之，这栋房子很快就易手他人，我搬到了本乡森川町一处叫做"仙游馆"的老旧公寓的阴暗房间里，随即陷入了手头拮据的困境。

在此之前，父亲每月给我固定金额的零花钱，虽然两三天就花光了，但烟酒、奶酪、水果之类，家里随时都有，书本、文具以及衣物之类，则可以在附近的店里赊账购买；即使请堀木吃荞麦面或者天妇罗盖浇饭，只要是町内父亲常去的店铺，我都可以吃完后一声不吭，直接走人。

如今突然间一个人住在出租公寓里，一切都要靠每个月固定金额的汇款开支，令我有些不知所措。汇款依旧是两三天便花光了，我惶惶不安，近乎发狂，给父亲、兄姐接连发了要求寄钱的电报，寄了说明详情的书信（那些信上说的事情全都是虚构的笑料。我觉得开口求人，首先把对方逗乐，才是上上策）的同时，在堀木的教导下，我开始频繁出入当铺。即便如此，依然捉襟见肘。

归根到底，我没有能力在这无亲无故的出租公寓里独自生活下去。我害怕自己一个人静静地待在这个房间里，总觉得有人想要袭击我，给我当头一棒，于是便逃到街上，或者给那个地下运动组织当帮手，或者跟堀木一起四处去喝廉价酒。学业和画画，我几乎都放弃了。升入高中后，第二年十月，我跟一个比自己年长的有夫之妇发生了殉情事件，人生从此改变。

我常常旷课，学习也根本不用功。尽管如此，我似乎总能答对试题，所以迄今为止都成功地瞒过了老家的亲人们。然而，学校终于将我上课时数不足的情况暗地里通知了父亲，于是大哥便代父亲给我写了一封措辞严厉的长信。不过，比起这些，我直接的痛苦还是来自缺钱以及地下运动的任务——那些任务越来越激进、忙碌，已经不是闹着玩儿的事了。不知是叫作中央地区，还是什么地区，总之，当时我已经是本乡、小石川、下谷、神田一带学校所有马克思主义学生的行动队队长了。听说要武装起义，便买了把小刀（如今想起来，那刀细细小小的，连个铅笔都削不了），藏在雨衣的口袋里四处奔走，开展所谓的"联络"工作。我想喝上几杯，好好睡上一觉，但是手头没有钱，而且，P（记得当时都以这个隐语来称呼党组织，也许我记错了）接二连三地给我安排任务，我忙得几乎连喘息的工夫都没有。我这羸弱的身体根本无法消受。原来只是因为非法所以产生兴趣，帮组织做些事情，如今却弄假成真，忙得令人无暇应付，我不由得对P的成员们生出了几分抱怨："你们弄错了吧！叫你们的直系去干，好吧？"然后便逃开了。逃开之后，我心里并不好受，决定一死了之。

当时，有三位女性对我表现出特殊的好感。一位是我寄宿的"仙游馆"老板家的女儿。每次我帮组织完成任务疲惫不堪地回到住处，饭也不吃便躺下休息时，她总是拿着信纸和钢笔来到我的房间，说道："不好意思，楼下弟弟妹妹们吵得厉害，没法好好写信。"

然后坐在我的书桌前，一写就是一个多小时。

我明明可以假装不知情，兀自睡觉就好了，但是看那姑娘的神情，似乎非常期待我能跟她说点什么，便又发挥出我那不由自主的服务精神，尽管心里一句话也不想开口，但还是强打起精神，撑着筋疲力尽的身体，趴在床上，一边抽烟一边说道："听说有个男人用女人写给他的情书烧洗澡水呢。"

"哎呀，真讨厌！是你吧？"

"我倒是用来热牛奶喝过。"

"荣幸啊！你喝吧！"

这个女人怎么还不快点回去啊！说什么写信，我早就看穿了，不过是在纸上胡乱涂鸦罢了。

"给我看看嘛！"

我嘴上这么说着，心里其实打死也不想看。

"哎呀，讨厌！哎呀，不要啦！"

她那眉飞色舞的样子真是让人倒尽胃口，实在扫兴。于是，我便打发她去跑个腿。

"抱歉，能不能帮我去趟电车轨道旁的那家药店，买点卡尔莫丁①回来？实在是累过头了，脸上发烫，反而睡不着。不好意思，钱嘛……"

"不用啦，什么钱不钱的。"

———————————

① 一种安眠药，英文名称为"Calmotin"。

她高兴地站起身。吩咐女人为自己做事绝不会让女人沮丧难过，她们反而会为男人有求于己而感到开心——这一点，我心里十分清楚。

还有一位是女子高等师范学校的文科学生，是所谓的"同志"。因为地下运动的关系，不管是否乐意，我跟她几乎每天都得碰面。每次商量完工作的事情，她总是一路跟着我走，并且一个劲儿地给我买东西。

"你可以把我当成是你的亲姐姐。"

她的造作让我发抖，但我还是作出一副忧郁的表情，微笑着说道："我也是那么想的。"

总之，倘若惹恼了她，后果一定非常可怕，所以无论如何得敷衍过去——为此，我越来越尽力地讨好这个又难看又讨厌的女人，每次她给我买礼物（买的尽是一些品位极差的东西，我常常转手就送给了卖烤鸡肉串的老板），我都装出一脸高兴的样子，说些笑话哄她开心。一个夏天的夜晚，她黏着我怎么都不肯离开。为了打发她回去，我只好在街头阴暗处吻了她。结果她兴奋得几乎发狂，叫来一辆出租车，把我带到一栋大楼的一处狭小的西式房间里，一直胡闹到了天亮。那地方好像是他们为了开展地下运动而秘密租借的办公室。我暗自苦笑："真是个不像话的姐姐。"

房东家的女儿也好，这位"同志"也好，跟以前遇到的那些女人不同，我每天都不得不跟她们打照面，无法巧妙地躲开。于是，糊里糊涂中，出于一贯的不安心理，我极力讨好这两个女人，结果让自己陷入了动弹不得的境地。

差不多同一时候，我在银座某家大型咖啡馆的一名女招待那里承受了意想不到的恩情。尽管只是一面之缘，我却仍然从那份恩情中感到了难以挣脱的不安与无端的恐惧。彼时，即使不用堀木带领，我也敢独自一人搭乘电车去歌舞伎剧场，穿上一身飞白花纹的和服进出咖啡馆了——我已经多少可以装出一副世故老到的样子了。尽管内心依然对人的自信与暴力感到困惑，但在恐惧与烦恼的同时，至少在表面上能跟别人正儿八经地寒暄一番了——不，不对，我的本性依然是必须挂着落败的戏谑的苦笑才能与人寒暄。但不管怎样，即便是忘乎所以、结结巴巴的寒暄，我也总算学会了——这套"伎俩"应该归功于自己为了地下运动而四处奔波，还是女人，或是酒精？不过，主要是因为手头拮据。不管身在何处，我都觉得战战兢兢。假如待在咖啡馆里，混迹于众多醉酒的客人或女招待、男招待之中，自己那颗仿佛一直被追逐着的心也许会平静下来吧？——我手里揣着十块钱，一个人走进了银座那家大型咖啡馆，笑着对女招待说道："我只有十块钱，随你安排吧。"

"不用担心。"

对方的口音里带着关西的腔调。不可思议的是，她那句话居然让我惴惴不安的心平静下来。不，不是因为不必担心钱的问题，而是自己觉得待在她身边可以放心。

我喝了酒。因为这种放心，我反而没有了装傻的心思，于是不加掩饰地将自己寡言、阴惨的一面坦露出来，一言不发地喝着酒。

"这些菜，你喜欢么？"

女人把各种各样的下酒菜摆在我面前。我摇了摇头。

"只喝酒么？那我也喝点吧！"

那是秋天里一个寒冷的夜晚。我依着常子（好像是这个名字，我记得不太清楚了，不敢确定。我这个人，居然连一起殉情的对象的名字都给忘了）的吩咐，在银座后街的一家寿司摊子上，一边吃着难以下咽的寿司（尽管我忘记了她的名字，但不知为何，当时那寿司味道之差一直清晰地留在记忆中。光头摊主长着一张大青蛇似的脸，摇头晃脑地装出一副手艺高超的样子捏着寿司，那场景历历在目。以至于多年以后，我多次在电车上看到某张觉得似曾相识的脸，几番思索之后才恍然大悟，原来是跟那个寿司摊主相似，不由得为之苦笑。现在，她的名字与模样都已经印象模糊，可寿司摊主那张脸仍然清晰地印刻在记忆中，我甚至可以将它画出来。这大概是因为那次的寿司实在难吃，让我品出了寒意与痛苦。即使别人带我去那些提供美味寿司的店铺里吃寿司，我也从未觉得好吃过——寿司太大了，我常常想，难道就不能好好地捏成个拇指大小的寿司么？），一边等着她。

她租住在本所①一个木匠家的二楼。在那里，我毫不掩饰自己平日里的忧郁，像是正遭受剧烈的牙痛似的，一只手捂着腮帮子，一边喝着茶。我的这种样子似乎反而打动了她的心。她也是一个孤苦伶仃的女人，周遭仿佛寒风萧瑟，身边唯有落叶狂舞。

一起躺下休息时，她跟我讲起了自己的身世。她比我年长两岁，老家在广岛。她说："我有丈夫的，他之前在广岛是个理发师。去年春天，我俩一起离开家跑到东京来了。可他在东京不好好正经工作，结果犯下了诈骗罪，进了监狱。我每天都去探监，给他送点东西。不过，从明天开始我就不去了。"不知道为什么，我向来对女人的身世不感兴趣。也许是因为女人们的讲述技巧差强人意，换句话说，她们总是不着重点，反正我常常左耳朵进右耳朵出。

好寂寞。

比起女人们关于身世的千言万语，我觉得这样一句低语更让我心有戚戚。然而，尽管我如此期待，却始终没有从世上的女人那里听到过。这说来也是奇怪，令人费解。常子虽然没有用语言说出"寂寞"二字，但她身边似乎总是缠绕着一股一寸见宽的气流，散发出无言的深深寂寞。当我靠近她的时候，身体仿佛也被那气流给包围住了。于是，我身上带

① 东京都墨田区南边的工商业地带，包括两国、锦丝町、束驹形一带。

着刺儿的阴郁气流便跟它恰到好处地交融在一起，如同"附着在水底岩石上的枯叶"一般，我得以从恐惧和不安中摆脱出来。

这跟自己以往在那些白痴妓女怀中安然入睡的感觉截然不同（首先，那些妓女们都活泼开朗）。对我而言，跟诈骗犯的妻子共度的这一夜是自己得到解放的幸福之夜（在所有的手记中，这是我唯一一次，如此毫不犹豫、肯定地使用这个夸张的说法）。

不过，仅仅是这一夜而已。早上，当我睁开眼睛一跃而起，便又成了原来那个轻薄、善于伪装的做戏之人。胆小鬼连幸福都害怕，会因为棉花而受伤，也会因为幸福而受伤。我想趁着尚未受伤赶紧就此分道扬镳，便又开始放起了装痴卖傻的烟幕。

"都说'钱尽缘了'，实际上，这句话的解释跟人们的理解正相反。它的意思不是说男人钱没了，就会被女人抛弃，而是说男人一旦手里没了钱，便会自行意志消沉，一蹶不振，连笑声都有气无力。而且，性情会莫名其妙地变得乖戾，最终破罐破摔，甩了女人——男人陷入半疯狂状态，甩来甩去，把女人甩个干净。要是根据《金泽大辞林》的话，应该是这个意思，真是怪可怜的。我也明白那种心情。"

记得当时自己说了这些傻话，把常子逗得扑哧一声笑了出来。我觉得不宜久留，连脸也没洗就匆匆离开了。不料，当时自己那番关于"钱尽缘了"的胡说八道，日后居然生出了意想不到的瓜葛。

之后一个月，我都没有跟那一夜的恩人见面。分开之后，随着日子一天天过去，喜悦逐渐淡薄，常子的一时之恩反而让我惴惴不安，开始有一种强烈的束缚感，甚至对上次让常子一个人支付咖啡馆账单这种俗事也渐渐在意起来。我觉得常子终究跟房东家的女儿、女子高等师范那个"同志"一样，是个只会要挟自己的女人，即使离得远远的，也依然对她害怕不已。而且，对于那些曾经同床共枕过的女人，我总觉得再次相见时，她们会冷不防来一场雷霆暴怒，所以向来对重逢一事敬谢不敏。于是，我便愈加对银座敬而远之了。不过，那种怕麻烦的心态并非出于自己的狡猾，而是因为我尚未参透一个不可思议的现象：女人这种存在，她们活在世上，无法在上床之后和早上起床之后这二者之间找到一丝联系，像是彻底忘记了似的，利索地将两个世界分开。

十一月底，我跟堀木在神田一家露天摊子上喝廉价酒。离开摊子之后，这个损友提出再找个地方继续喝。我们身上已经没有钱了，他却依然吵吵着"再喝、再喝嘛！"。当时可能也是因为酒壮怂人胆，我对他说道："好！那我带你去梦的王国走一走。可别吓着了，那里名叫酒池肉林……"

"酒馆么？"

"没错。"

"走咧！"

于是，我们两人便搭上了市营电车，堀木非常兴奋。

"我今晚对女人特别饥渴，可以亲一口女招待么？"

我不怎么喜欢堀木那样耍酒疯。堀木也清楚这一点，所以他便这样跟我确认。

"行么？亲嘴噢！坐在我身边的女招待，一定要亲上一口给你看。行么？"

"行吧。"

"多谢！我正饥渴着呐！"

我们在银座四丁目下了车，奔着常子这根救命稻草，身无分文地进了那家叫做酒池肉林的大酒馆。我俩刚在一间空包厢中面对面地坐下，就见常子和另一个女招待跑了过来。常子挨着堀木，另一个女招待则在我身边，扑通一声坐了下来。我顿时倒吸了一口凉气——常子即将被堀木亲吻。

并不是舍不得。我天生没有什么占有欲，即使偶尔觉得有一点惋惜，也没有什么气力断然主张自己的所有权，跟人展开争夺，以至于日后眼睁睁地看着自己事实上的妻子遭人强暴，默不作声。

我总是尽可能地避开人与人之间的纷争，觉得一旦卷入其中便是件可怕的事。常子和我不过一夜露水姻缘，并不是我的所有物。我不可能昏了头，对她有什么舍不得之类的想法。可是，我依然倒吸了一口凉气。

那是因为我觉得眼前这个被堀木乱亲一气的常子太可怜了。被堀木玷污过的她将不得不跟我提出分手吧，而我也没有挽留住她的热情。"哎，就这么结束了。"尽管有那么一瞬间，我为常子的不幸感到惊愕，但立刻就从善如流般地放弃了挣扎。我来回地看着堀木和常子的脸，嘻嘻地笑了。

不料，事情朝着更糟糕的方向发展了。

"算了！"堀木撇着嘴说道，"这么寒酸的女人，哪怕是我也……"

他一副兴味索然的样子，抱着胳膊，肆无忌惮地盯着常子苦笑。

"给我们点酒，我兜里没钱。"

我小声地对常子说，那一刻真想一醉方休。在俗人眼里，常子只是个潦倒、寒酸的女人，连醉汉的一吻都不值。——没想到，我竟然像是被雷给击中了似的。我前所未有地灌了一杯又一杯，醉眼昏花中，跟常子悲伤地相视而笑。堀木说的没错，这家伙确实是个疲惫不堪、一身寒酸的女人。与此同时，同是沦落人的亲近感（现在，我觉得贫富不和虽然看似陈词滥调，但它终究是戏剧永恒的主题）不由得涌上心头。常子是惹人怜爱的，有生以来，我第一次主动感受到了微微的心动。我吐了，醉到不省人事。平生第一次醉得如此一塌糊涂。

醒来时，发现枕边坐着常子。原来，自己睡在了本所木匠家二楼的房间里。

"说什么'钱尽缘了'，还以为你开玩笑呢，原来是当真的么。就那么一走了之，真是剪不断理还乱呐。我挣钱给你花，也不行么？"

"不行。"

之后，她也歇下了。天亮时，她嘴里第一次说出了"死"这个字。她似乎已经对人世间的生活感到极为疲惫，而我在想到自己对人世的恐惧、种种烦恼、金钱、地下运动、女人、学业等问题之后，也觉得无法再继续这样活下去，便爽快地同意了她的提议。

不过，当时我还没有切实地做好"求死"的精神准备，多少夹杂着些"游戏"的味道。

那天上午，我们两人在浅草六区徘徊，进了一家咖啡馆，喝了牛奶。

"你付一下账。"

我站起身，从袖口掏出钱包，打开一看，里面只有三个铜板，一种比羞耻更强烈的凄凉向我袭来。那一刻脑海里立刻浮现出的，便是"仙游馆"自己房间中仅剩的校服和被褥，空荡荡的房间里再无其他东西可以拿去典当。除此之外，便是自己身上穿着的飞白花纹的和服、斗篷——我清楚地意识到，这就是自己的现实，活不下去了。

见我在那里不知所措的样子，她也站起身来，朝我的钱包瞅了一眼："哎呀！就这么点？"

说者无心，但这还是让我痛彻心扉。正因为是自己初次爱上的人说的，所以格外痛苦。不是这么点钱的问题，三个铜板根本就不算钱。那是一种我从未经历过的奇特的屈辱，难以活下去的屈辱。归根到底，当时自己尚未彻底脱离富家子弟的习性。那一刻，我切实地下定了决心，一死了之。

那天夜里，我们跳进了镰仓的大海。"腰带是跟店里朋友借来的。"说着，常子解下腰带，折好后搁在岩石上。我也脱下斗篷，放在了同一个地方。然后，一起跳入了海中。

她死了，我却被人救了起来。

我是高中生，加上父亲的名字可能多少有些所谓的新闻价值，报纸便把这当作一个重大事件大肆报道。

我被送进了海边的一家医院。老家来了一个亲戚，帮我处理各种善后。他告诉我，父亲和家里人都怒不可遏，说不定就此跟我断绝关系。宣布完这个消息，他就回去了。可是，比起这个，我更怀念死去的常子，整天以泪洗面。迄今为止在我交往过的女人之中，我真的只喜欢那个寒酸的常子。

房东家的女儿寄来了一封长信，里面写了五十首短歌。每首短歌都是以一句莫名其妙的"为我活下去！"为开头，一共五十首。护士们开朗地笑着来我的病房玩，有的临走前还紧紧地握了一下我的手。

医院发现我左肺中有病灶，这成了一件对我非常有利的事情。不久，我被从医院带到了警察局，罪名是"协助自杀"。在那里，我被当作病人看待，破例安置在了监护室里。

深夜，在监护室隔壁的值班室中通宵值夜班的老巡警悄悄地打开了中间的房门，朝我招呼了一声："喂！冷吧？上这边来，烤烤火！"

我故意垂头丧气地走进值班室，在椅子上坐下，对着火盆烤火。

"还是忘不了死了的女人吧？"

"是的。"

我用细小得几乎听不见的声音回答。

"那也是人之常情啊。"他渐渐地摆起了架子，像个法官似的，煞有介事地问道："第一次是在哪里跟她发生关系的？"

他欺负我是个孩子，为了打发秋夜的无聊时光，装出一副自己就是审讯主任的样子，企图从我这里搜刮出一些香艳的故事。我早就看穿了这一点，拼了命才忍住没有扑哧一声笑出来。我知道，对于警察的这种"非正式审讯"可以一概拒绝回答。但为了给这漫漫秋夜助助兴，我始终表现出十足的诚意，仿佛对他是审讯主任、处罚的轻重就在于他的一念之间一事深信不疑一般，胡乱做了一些陈述，以满足他好色之徒的猎奇心理，敷衍了之。

"嗯，这样就大体明白了。你——如实坦白的话，我们也会酌情处理。"

"谢谢，请多关照。"

我的演技堪称出神入化。不过，这场卖力的表演并不能给自己带来任何好处。

天亮了，我被署长叫去。这次是正式的审问。

打开门，一走进署长室，便听到一句："呵，是个美男子嘛！这事不能怪你，要怪得怪你妈，把你生成这么个美男子。"

署长还很年轻，肤色微黑，像是大学毕业生。被他突然这么一说，我心里顿时感到一种凄凉，仿佛自己半边脸上满是红痣，是个丑陋的残疾人。

这位柔道或剑道运动员般的署长，审讯起来相当轻描淡写。与深夜老巡警那偷偷摸摸、刨根问底的好色"审讯"有天壤之别。审讯结束后，署长一边写着送往检察署的材料，一边说道："不注意身体可不行呐，你好像咳血了嘛。"

那天早上，我莫名其妙地开始咳嗽。每次咳嗽我都用手帕捂住嘴巴，结果手帕上留下了一些血点，像是红色的雪粒落在上面似的。那些并不是从喉咙里咳出来的血，而是我昨晚把耳朵下面的脓包挤破时弄出来的血。但我突然间意识到，还是不挑明对自己有利，便只是低眉垂目、乖巧地回答了一句："是。"

署长写完了材料，说道："是否起诉，那是检察官决定的事，最好给你的担保人发个电报或者打个电话，拜托他今天来横滨检察署一趟。你的监护人或者保证人之类，应该有吧？"

我想起来有一个叫涩田的书画古董商之前经常出入父亲在东京的别墅，是自己上学的担保人。他与我们是同乡，喜欢跟父亲身边溜须拍马，是个四十来岁的独身男人，长得矮胖敦实。他那张脸，尤其是眼神，跟比目鱼十分相似，所以父亲总是叫他比目鱼，我也习惯于那么称呼他了。

我借来警署里的电话簿，查找比目鱼家里的电话号码。找到之后，便给比目鱼打了个电话，拜托他来一趟横滨检察署。比目鱼像是变了个人似的，口气非常傲慢。尽管如此，他总算还是答应了。

"喂，那个电话机，最好赶紧消毒一下！毕竟咳血了！"

我再次回到监护室，坐了下来。署长大声吩咐巡警们的话音传进了我的耳朵里。

正午过后，我身上被人用细麻绳绑住了。虽然允许我用斗篷遮掩，但麻绳一端由一个年轻的巡警紧紧攥着。我们两人一起搭乘电车前往横滨。

不过，我丝毫没有感到不安。警署里的那间监护室和老巡警都让我觉得不舍。呜呼！自己为什么会这样呢！被当作一个罪犯捆绑起来，反而觉得松了一口气，平静坦然。回想那一刻的感受，即使现在写起来，也让我觉得舒心愉快。

可是，在当时那些令人怀念的记忆中也有唯一的一次惨败，令我冷汗淋漓、毕生难忘。在检察署一个昏暗的房间里，检察官对我进行了简单的审讯。检察官四十岁上下，看上去文静持重（假如说自己长得还算俊美的话，那肯定也是所谓的邪淫的美貌。而那位检察官的长相，则可以说是充满正气的美貌，散发着聪慧、静谧的气质）、颇有气量的样子。我完全没有任何戒心，心不在焉地陈述着。突然，咳嗽又来了。我从袖口处掏出手帕，不经意间看见了上面的血点，生起一个耍花招的糊涂念头："或许这咳嗽还能派上用场。"于是，"喀，喀"——我夸张地加了两声假咳，用手帕捂住嘴，偷偷地瞅了一眼检察官。就在那一瞬间，检察官静静地微笑着问道："是真的咳嗽么？"

一身冷汗。不，即便是现在回想起来都觉得手足无措。中学时代，当那个傻乎乎的竹一对我说"故意的，故意的"时，我就像是背上突然挨了一记，跌落地狱之中一般。如果说这次的感觉比那次更加严重也绝不为过。这两件事是我一生中演技最为失败的记录。我有时甚至觉得，与其遭受检察官那种静静的侮蔑，不如索性被判个十年徒刑反而更好受一些。

我被免于起诉。可是，我一点也高兴不起来。我怀着一种无比惨痛的心情坐在检察署休息室的长凳上，等候担保人比目鱼的到来。

从背后高高的窗户望去，只见晚霞映红了天空，海鸥排着"女"字队形在飞翔。

# 第三篇手记

## 一

竹一的预言一个说中了，一个落了空。"会被女人迷上"这个不光彩的预言说中了，但"成为了不起的画家"这一祝福的预言却落了空。

我只成了一个无名的漫画家，画技蹩脚，为一家低俗杂志工作。

因为镰仓殉情一事，我被高中开除了。我住在比目鱼家二楼一间三张榻榻米①大小的房间里。家里好像每个月都寄来额度极小的生活费，这笔钱不是直接寄给我，而是悄悄寄到比目鱼那里（而且，似乎是老家的兄长们瞒着父亲寄来的）。自此以后，我跟家里的联系彻底中断。比目鱼总是板着脸，即使我讨好地对他笑，他也不笑。人居然可以如此轻而易举地变了样子，简直判若两人，真是可悲。不，应该说是可笑。他整天叮嘱我说："别出门！总之，不要出门！"

比目鱼好像认为我有自杀的可能，觉得我有追随那个女人再次投海自杀的危险，便严格禁止我外出。我既不能抽烟也不能喝酒，从早到晚窝在二楼房间的被炉里翻看旧杂志，过着傻瓜似的生活。这样的我连自杀的劲头都没有了。①

比目鱼的家位于大久保医专附近，尽管招牌上写着的"书画古董商""青龙园"等文字，看上去相当有气势，但它不过是一栋两户中的一户罢了。店铺的门面狭小，店里四处是灰尘，堆满了不值钱的破烂玩意儿（据说比目鱼根本不是靠店里的那些破烂玩意儿做买卖，他生财的路子是把这边某位老爷的藏品转让给那边某位老爷，活跃其中）。比目鱼几乎不待在店里，常常一大早就板着脸匆匆出门，留下一个十七八岁的小伙计看家。这小伙计也负责监视我，只要一得空，他就跟附近的孩子一起在外面玩接投球游戏。但他似乎把我这个待在二楼的食客当作傻瓜或者疯子，居然像个大人似的想跟我来一通说教。我天生不喜欢跟人争执，便十分顺从地装出一脸疲倦或佩服的样子，洗耳恭听。这个小伙计是涩田的私生子，由于一些蹊跷的原因，涩田并未公开与他父子相称，据说涩田一直单身跟这事也有些关系。我以前好像从家人那里听说过一二，但我向来对别人的身世没有什么兴趣，所以对更深的内情一概不知。不过，这个小伙计的眼神也有一些让人莫名联想到鱼眼睛的地方，或许他真的是比目

①　一张榻榻米的传统尺寸约为 1.62 平方米。

鱼的私生子……倘若果真如此，那么两人也真是一对凄惨的父子。他们俩有时在深夜里背着住在二楼的我叫来荞麦面等外卖，一声不响地吃。

比目鱼家里经常是小伙计负责做饭。一日三餐只有二楼食客的饭菜是另外装在餐盘里，由小伙计送到二楼来。而比目鱼和小伙计则待在楼梯下方那潮乎乎的四张半榻榻米大小的房间里用餐，不时传来一些碗碟相碰的叮当声，一副十分忙乱的样子。

三月末一个傍晚，不知道是比目鱼发了一笔意外之财，还是另有图谋（即使这两个都猜中了，恐怕还有其他好几个我等揣测不出的琐屑理由……），我被请到了楼下用餐。餐桌上难得摆着酒壶，还有金枪鱼生鱼片，而不是比目鱼。做东的主人家自己对此也是一番感慨、赞叹，还给我这个一脸茫然的食客劝了点酒。

"今后究竟打算怎么办？"

我没有回答，从餐桌上的碟子里夹起了一些沙丁鱼干。看着那些小鱼银色的眼珠子，觉得有些醉意蒙眬，想起了以前四处玩乐的日子，甚至连堀木都让我怀念。我迫切地渴望"自由"，差点儿就要小声地哭出来。

来到这个家里之后，我连扮演小丑的劲头都没有了，只是在比目鱼和小伙计的蔑视中昏昏度日。比目鱼看上去似乎想尽量避免跟我促膝长谈。我也无意追着他倾诉些什么，于是几乎彻底成了一个一脸傻相的食客。

"所谓免于起诉，应该是不会让你成为前科犯之类的了。所以，只要你有决心就能够获得新生。如果你想改过自新，认真地来跟我商量，我也会考虑的。"

比目鱼的说话方式，不，世上所有人的说话方式都这样含糊其辞，带着一种微妙的复杂，有些朦胧不清，像是备好退路一般。对于那些毫无必要的严重戒备以及数不胜数令人厌烦的算计，我总是困惑不解，觉得无甚所谓，或者插科打诨蒙混过关，或者默默点头悉听尊便，采取一种认输的消极态度。

多年以后，我才知道，当时比目鱼如果像下面那样直截了当地告诉我，问题就可以顺利解决了。然而，比目鱼那多此一举的戒备心理，不，世人那不可理喻的虚荣、面子让我百般郁闷。

比目鱼当时只要这么说就行了：

"公立也好，私立也罢，从四月份开始，你要找个学校去上学。上学后，家里会给你寄来更多的生活费。"

很久以后，我才得知，事实上就是那样的。倘若比目鱼以实相告，我也就照他的吩咐去做了。然而，因为比目鱼过度小心，说起话来拐弯抹角，致使事情莫名变得复杂，导致我的人生方向因此发生了彻底的变化。

"如果你不想认真找我商量的话，那就没有办法了……"

"商量什么？"

我真的是一头雾水。

"你应该心中有数吧？"

"比如？"

"比如，你自己今后怎么打算。"

"您认为我最好找份工作？"

"不，你心里究竟是怎么想的。"

"可是，就算说去上学……"

"那个当然要花钱。不过，钱不是问题。问题在于你自己的想法。"

家里会寄钱来——这句话，他为什么就不说呢？有了这句话，我的想法就可以定下来了……我当时一点儿也摸不着头脑。

"怎么样？有没有像'未来的希望'之类的想法？照顾人是件多么困难的事情，受照顾的人是不会明白的。"

"对不起。"

"真是让人担心呐！我既然答应了照顾你，就不希望你一直得过且过。我希望你能让我们看到你重新做人的决心。打个比方，如果你认真地来找我商量关于未来的设想，我也是打算配合的。不过，这种支援终究只是穷人比目鱼提供的杯水车薪，如果你期待像以前那样大手大脚，那就错了。但是，如果你自己脚踏实地，关于未来有了明确的打算，那么你来找我商量，我即使只能略尽绵薄之力，也希望能够帮你重新开始。你明白我的心情么？你今后究竟有什么打算？"

"如果不让我继续住这二楼，那我就去工作……"

"你是真的那么想么？如今这世道，哪怕是帝国大学的毕业生，也……"

"不，我不是要当工薪族。"

"那你想当什么？"

"画家。"我断然说道。

"啊？"

我忘不了当时缩着脖子笑的比目鱼脸上那抹狡诈的阴影。它有点像是轻蔑的阴影，但又有所不同。如果把世间比作大海，那么在大海的千寻深处，则可能隐约摇曳着那种诡异的影子。那抹笑容像是有意让人窥见成年人生活的幽深玄奥一般。

比目鱼说道："这样的话，我们就没什么可谈的了。你一点也不踏实，好好想想，今晚认认真真地考虑一个晚上。"我像是后面有人赶着似的，赶紧上了二楼。躺在床上，脑海里也没有浮现出什么别的想法。天快亮时，我从比目鱼家里逃了出来。

"傍晚，我一定回来。我去下边所写的朋友那里跟他商量一下将来的打算，请您不必为我担心。真的。"

我用铅笔在便笺上大大地写道。接着，又写下了住在浅草的堀木正雄的地址和姓名，然后悄悄地离开了比目鱼家。

我逃走不是因为比目鱼一番说教让我懊恼。相反，正如他所说，我这个人不够踏实，关于未来的方向也好，其他事情也好，自己是一片茫然。倘若继续待在比目鱼家里当个累赘，也觉得过意不去。况且，万一哪天自己立志奋发图强，还得让贫穷的比目鱼月月给我提供资助，一想到这里，便于心有愧，坐立不安。

不过，我离开比目鱼家，也并非真的想去找堀木之类的人商量什么"将来的打算"。我只是希望比目鱼能放下心来，哪怕是一小会儿、片刻也好（在此期间，自己则可以乘机逃得更远一些。出于这种侦探小说式的策略，我留下了那张纸条——不，应该说，我多少有一点这样的想法，但更多是因为害怕自己的离开会带给比目鱼突然一击，让他惊慌失措，这个说法可能更为准确。虽然迟早会败露，但我却害怕实话实说，一定要加以粉饰，这是我可悲的习性之一。这跟世人称之为"撒谎"并加以鄙视的性格颇为相似，但我几乎从未为了给自己谋利而那么做过。我只是非常害怕气氛骤然冷却，那让我几乎窒息。我觉得，许多时候，即使我明知事后对自己不利，也依然坚持奉行"拼死的服务"，哪怕那是扭曲的、微弱的、愚蠢的，我也会基于服务精神，不由自主地加上一句粉饰。然而，这种习性却常常被世上所谓的"正人君子"大肆利用）。当时，记忆深处突然浮现出堀木的地址与名字，我便随手将它写在了便笺的一端。

我离开比目鱼家，一路走到新宿，卖掉了怀里揣着的书，却终究还是无处可去。我对所有人都十分和气，却从未真切地体会过所谓的"友情"。像堀木那样的酒肉朋友另当别论，所有的交往带给我的只有痛苦。为了消解这种痛苦，我拼命地装傻搞笑，结果反而令自己筋疲力尽。仅仅是有点认识的熟人，哪怕在路上偶然瞥见相似的面孔，也会让我心中一惊，刹那间，似乎有一种令我头晕目眩的痛苦颤栗袭来。我知道自己受人喜欢，但在爱别人的能力方面似乎有所欠缺（当然，我对世人是否果真拥有"爱"的能力表示非常怀疑）。这样的我是不可能拥有所谓的"挚友"的。不仅如此，我甚至连"拜访"朋友的能力都不具备。对我来说，他人的家门，比那部《神曲》中的地狱之门还要可怕。毫不夸张地说，我切实地感受到了那扇门内，散发着腥臭味的恶龙般的怪兽正蠢蠢欲动。

我和谁都没有交情，无处可以拜访。

堀木。

这可真叫做弄假成真了。如同留言条上所写的那样，我决定去浅草拜访堀木。此前我从未主动去过堀木家，一般都是打电报叫他过来找我。可如今我囊中羞涩，连发电报的钱都没有。如此落魄潦倒之身，只怕光是打个电报的话，堀木未必会来见我。这么一想，便下定决心来一次自己最不擅长的"拜访"。我叹了口气，坐上了市营电车。一想到自己在这世上唯一的一根救命稻草居然是那个堀木时，不由得一阵骇然，脊背上寒意顿生。

堀木在家。他的家在一条肮脏的小巷深处，是一栋两层楼的房子。堀木住在二楼仅有的一间六张榻榻米大小的屋子里。楼下，堀木年迈的父母和一个年轻的学徒正在制作木屐，有的在缝制绳带，有的在敲敲打打。

那天，堀木让我看到了他作为都市人崭新的一面，那就是俗话说的"会算计不吃亏"。他是个冷酷、奸诈的利己主义者，令我这个乡巴佬错愕不已、目瞪口呆。他不像我只是一个随波逐流的男人。

"你可真是让我没想到啊！你家老爷子原谅你了吗？还没有？"

我无法告诉他自己是逃出来的。

我像以往那样搪塞了之。明知马上就会被堀木识破，还是支吾道："这个嘛，总会有办法的。"

"喂，这可不是开玩笑的！我奉劝你一句，犯傻也要适可而止。我今天还有事，这阵子忙得焦头烂额。"

"有事？什么事？"

"喂，喂，你可别把垫子的线儿给扯断了！"

我一边说话，一边无意识地用指尖摆弄着臀下坐垫四角上的穗子，有时还用力地拉扯一下，也不知是坐垫的缝线还是扎绳。只要是堀木家里的东西，哪怕是坐垫上的一根线头，他也无比爱惜——堀木毫无愧色，甚至可以说是横眉怒目地指责我。仔细一想，在跟我交往的过程中，堀木从来没有吃过亏。

堀木的老母亲用托盘端着两碗红小豆年糕汤上来了。

"哎呀，这……"

堀木俨然一个真心实意的大孝子般，对老母亲一副毕恭毕敬的样子，就连措辞也客气得有些不自然：

"不好意思，是红小豆年糕汤么？真是太奢侈了。其实您用不着这么费心的，因为我马上就要出门办事了。不过，您特意煮的拿手的红小豆年糕汤，不喝实在可惜，那我们就喝了吧。怎么样，你也来一碗吧。这可是我母亲特意为我们做的。哎呀，真好喝！太奢侈了！"

堀木十分兴奋，津津有味地喝着红小豆年糕汤，看起来一点不像是在演戏。我也啜了一口，闻到一股白开水的味道，又尝了一口年糕，发现那不是年糕，而是一种自己没见识过的东西。我绝不是瞧不起他们家的贫穷（当时我并不觉得难吃，而且堀木老母亲的心意让我感动不已。虽然我对贫穷心怀恐惧，但向来没有轻蔑的意思），那碗红小豆年糕汤以及为它兴高采烈的堀木，让我见识到了都市人节俭的本性以及将内外关系分得一清二楚的东京人家庭的真实一面。只有我这个傻瓜内外不分，一个劲儿地逃避人间烟火，结果被彻底地抛在了一边，甚至连堀木都对我弃之不理。那一刻，我十分狼狈，手里使着漆面脱落的筷子，心中感到无限凄凉——我只想把这一点记录下来。

"抱歉，我今天还有事。"

堀木站起身，一边穿着外套，一边说道："失陪了，对不住。"

这时，一位女客人来找堀木。我的命运也随之发生了巨大的变化。

堀木顿时来了精神。

"哎呀，对不起，我正想上您那边去呐，哪料到这个人突然上门来了。没事，不用管他。来，您请。"

堀木一副相当慌乱的样子。我腾出自己坐着的坐垫翻了个面递过去。堀木一把抢在手里，又翻了个面，然后请那位女子落座。屋子里除了堀木的坐垫之外，供客人使用的坐垫只有一个。

女子身形清瘦高挑，她把坐垫挪到一旁，在靠近门口的角落坐了下来。

我心不在焉地听着他两人的对话。那个女子似乎是杂志社的人，大概之前托堀木画插图什么的，今天上门来取。

"急着要用。"

"已经画好了，早就画好了。请看，这个就是了。"

这时，来了封电报。

堀木看完电报，之前兴冲冲的表情顿时变得狰狞起来。

"呸！你说，这是怎么回事？"

原来是比目鱼发来的电报。

"总之，你马上给我回去。我直接把你送回去当然更好，但是我眼下没那个时间。你离家出走，居然还一副优哉游哉的样子！"

"您府上在哪儿？"

"大久保。"我不由得顺口回答道。

"那就在我们杂志社附近呢。"

女子是甲州人，二十八岁。她带着一个五岁的女儿，住在高圆寺的一栋公寓里。她说她丈夫已经去世三年了。

"你看起来是一个从小吃了相当多苦的人呐！挺善解人意的嘛，怪让人心疼的。"

我第一次过上了小白脸般的生活。在静子（那个女记者的名字）去新宿的杂志社上班期间，我和她五岁的女儿繁子两个人一起老老实实地看家。在此之前，每当母亲不在家时，繁子总是在公寓管理员的房间里玩耍。如今来了个"善解人意的"叔叔陪她玩，她看起来很是开心。

我茫然地在那里待了一个星期左右。在靠近公寓窗户的电线上缠着一个风筝，它被夹着尘土的春风吹得破烂不堪，却依然牢牢地缠在电线上不肯离去，看上去像是在频频点头似的。每当我望见此景，便忍不住苦笑、脸红。这只风筝甚至出现在了我的噩梦中。

"想要钱哪！"

"要多少？"

"许多。……俗话说钱尽缘了，还真是那么回事。"

"真傻，那种老掉牙的说法……"

"是么？你不会明白的。照这样下去，我或许会逃走的。"

"究竟哪个是穷人，哪个要逃开哦！真是个怪人啊。"

"我想自己挣钱，用挣来的钱买酒，不，买烟。说到画画，我比堀木之流的出色多了。"

这种时候，我的脑海中不由自主地浮现出了中学时代画下的那几张自画像，竹一曾经称之为"妖怪画像"，那些杰作已经遗失——它们在几次搬家的过程中失去了踪影。我总觉得只有它们才能算得上是真正的杰作。自那以后，我也尝试画了许多画，但远远不及记忆中的那些逸品。我的心里空荡荡的，一种倦怠的失落感让我苦恼。

一杯喝剩的苦艾酒。

我暗地里如此形容那永远无法填补的失落感。一说起画画，那杯喝剩的苦艾酒便隐约浮现在自己眼前。啊！真想把那些画给她看看，让她相信我在绘画上的才华——这种焦躁折磨着我。

"噗，是么？你总是一脸正经地说着玩笑话，真是可爱。"

不是说笑，是真的。啊！真想让她看看那些画——徒生烦闷之余，我改变了主意，横下心来说道："漫画！至少画漫画方面，我比堀木强。"

结果，这句糊弄搪塞的说笑之词她反而信了。

"是啊，实际上，我也很佩服你的画技。你平时给繁子画的漫画，我看了都忍不住笑出来。要不，你试一下？我在我们社的总编那里替你说一说。"

当时，那家杂志社在发行一份面向儿童的不知名月刊。

"……一看到你，大部分女人都会忍不住想为你做点什么……你总是一副战战兢兢的模样，却又特别能耍笑……有时候，你一个人独自消沉，那样子更是让女人的心蠢蠢欲动。"

静子还跟我说了其他许多话。虽说是恭维，但一想到这恰恰是小白脸的龌龊特质，我便愈发消沉，全然提不起精神来，心中暗自祈祷："比女人更重要的是金钱，总之得赶紧从静子身边逃开，自食其力。"我也想了一些办法，但结果反而越来越依赖静子。出走一事的善后也好，其他事情也罢，几乎全部都由这个不让须眉的甲州女人帮我处理。于是我对她不得不愈加"战战兢兢"了。

在静子的张罗下，比目鱼、堀木以及静子三个人达成了协议。我和老家那边完全断绝了关系，开始与静子"光明正大"地同居。另外，在静子的奔走下，我的漫画居然换来了钱。我用这些钱买了酒和香烟，但自己的不安、烦闷却日甚一日。郁郁寡欢中，我在给静子的杂志画每月连载的漫画《金太与雄太的冒险》时，忽然想起了故乡的家，伤感之余无法动笔，低头潸然泪下。

这种时候，对我而言，繁子是个小小的拯救。当时，繁子已经毫无抵触地称呼我为"爸爸"了。

"爸爸，听说只要祈祷，神就会赐给我们想要的一切，是真的么？"

其实，我才是那个想要祈祷的人。

——啊！请赐给我冷酷的意志！让我参透"人"的本质！人排挤人难道不是罪过么？请赐给我愤怒的面具！

"嗯，是的，神应该会赐给繁子一切，但是爸爸这边可能不行。"

我甚至对神都感到害怕。我无法相信神的爱，只相信神的惩罚。信仰——我认为那不过像是为了接受神的鞭笞而低头面向审判台似的。我纵然相信地狱的存在，也无法相信天堂的存在。

"为什么不行呢？"

"因为爸爸不听父母的话。"

"是么？可大家都说，爸爸是个大好人呐。"

那是因为我欺骗了他们。我也知道，这个公寓里人人都对我表示好感。然而，我是那么害怕他们！我越是害怕，他们越喜欢我；他们越喜欢我，我越是觉得害怕，不得不远离他们。跟繁子解释这种不幸的毛病简直比登天还难。

"繁子想跟神要些什么呢？"

我若无其事地调转了话题。

"繁子嘛，繁子想要自己真正的爸爸哦。"

我心里咯噔一下，一阵眩晕。敌人。我是繁子的敌人，还是繁子是我的敌人？总之，这里也有一个威胁自己的可怕的大人。外人，不可理解的外人，充满秘密的外人。——看上去，繁子的表情顿时有了这般意味。

我曾以为只有繁子是例外，不料她也带着一根"冷不丁拍死牛虻的牛尾巴"。自那以后，我甚至对繁子也提心吊胆起来。

"色魔，在吗？"

堀木又开始上门来找我了。在我出走那一天，他对我那般冷落，我却无法拒绝他，只能微笑着迎接。

"听说你的漫画很受欢迎嘛！业余的人都有副不知天高地厚的臭胆量，比不了啊！不过，你可别大意了，你素描方面真是一塌糊涂啊！"

堀木甚至摆出了一副师傅的面孔。假如把我那幅"妖怪"画像给这家伙看，他会是什么表情呢？我兀自在心里徒劳地挣扎着说道："你可别那么说，小心我哇的一声哭出来。"

堀木愈加得意起来："只有处世的本事的话，迟早会露出马脚哦！"

处世的本事……我实在只能苦笑，自己居然有处世的本事！然而，像我这样害怕跟人打交道、凡事逃避敷衍的做法，跟奉行俗话所说的"多一事不如少一事"之类狡猾讨巧的处世信条的，不是同一回事么？唉！人与人彼此完全不了解对方，往往彻底看错了对方，却以对方独一无二的挚友自居，一辈子浑然不觉。如果对方离开了人世，还痛哭流涕地诵读一番悼词。难道不是这样么？

堀木毕竟是善后处理我出走一事的见证人（尽管他肯定是在静子软磨硬泡之下才勉强答应的……），所以他自视为促成我重新做人的大恩人或成全了我和静子的月下老人，常常摆出一副煞有介事的样子对我进行说教。有时深更半夜烂醉之后跑来借宿，有时从我这里借走五元钱（每次总是五元）。

"不过，你那些拈花惹草的事儿也该到此为止了。再这样下去，世人是不会容许的！"

所谓"世人"究竟指的是什么？是人的复数么？"世人"的实体又究竟何在呢？不过，至今为止，我一心认为"世人"是强大、严厉、可怕的存在，被堀木这么一说，有句话差点儿脱口而出："所谓世人，不就是你吗？"

我不想惹怒堀木，又咽了回去。

（世人是不会容许的！）

（不是世人。是你不容许吧？）

（如果做出那种事，世人会让你吃苦头的！）

（不是世人。是你吧？）

（马上就会被世人埋葬的！）

（不是世人。埋葬我的，是你吧？）

"你知道你这个人有多么可怕、怪异、毒辣、狡诈、令人毛骨悚然么！"——种种话语在心中来来去去，但我只是用手帕擦去脸上的汗水，笑着说道："冷汗，冷汗。"

不过，自那以后，我开始有了一种近似于思想的认识："所谓世人不就是个人么？"并且，自从开始有了这个认识之后，跟以往相比，我多少能够按照自己的意志行事了。借用静子的话来说，我变得有些任性，不再那么战战兢兢了。或者借用堀木的话来说，我莫名变得小气了。而借用繁子的话来说，便是我变得不那么疼爱她了。

我沉默寡言，脸上不见笑容，每天一边照看繁子，一边按照各个出版社的约稿（除了静子所在的杂志社，其他出版社也断断续续地开始跟我约稿了。但尽是一些比静子那边更为低俗的三流出版社），怀着非常阴郁的心情，慢慢吞吞地（我属于画画时运笔非常慢的那一类人）画着《金太与雄太的冒险》以及显然模仿了《悠闲老爸》①的《悠闲和尚》，还有《急性子阿平》之类标题烂得连我自己都不明白的连载漫画。如今，我画画纯粹就是为了挣点酒钱。等静子从杂志社回到家里，我便跟她交接班，沉着脸离开家，跑去高圆寺附近的露天摊点或简易酒吧喝些便宜的烈酒，心情变得快活些后再回到公寓。

"你的脸越看越觉着长得怪。悠闲和尚的那张脸，灵感其实是从你的睡相来的。"

"还说我，你睡着之后，也已经是一副老相了！活像个四十岁男人似的。"

"都怪你，我被你给榨干了。流水浮生啊，两茫茫！岸边杨柳啊，为何愁！"

"别吵了，早点睡吧！还是说，你想吃点东西？"

静子平心静气，根本不打算理睬我。

"有酒的话，我倒是想喝点。流水浮生啊，人如流，不对，水如流，身若水！"

我一边唱，一边任由静子把自己的衣服脱去，额头紧紧地贴在她的胸前睡去。这便是我的日常生活。

　　翌日又是重复同样的事情，

――――――――――――

① 自大正十二年（1922年）开始至昭和初期，麻生丰发表在《报知新闻》上的连载漫画。

只需依循昨日的旧例。

倘若避开了狂野的巨大欢喜，

自然不会有沉沉的悲哀来袭。

挡住去路的绊脚石，

蟾蜍绕之而行。


当我发现了上田敏<sup>①</sup>翻译的查尔·克罗<sup>②</sup>的这些诗句时，不由得面红耳赤，如同火烧一般。

蟾蜍。

（那就是我。与世人容许或不容许无关，与埋葬或不埋葬无关。我是比猫狗还要劣等的动物——蟾蜍，慢慢吞吞地爬着。）

我喝酒喝得越来越凶。不仅去高圆寺站附近喝，还跑到新宿、银座一带去喝酒，有时甚至在外留宿。不想再"依循昨日的旧例"，我在酒吧里故意装出一副无赖的样子，把女人们一个个地亲过去。总之，我又变回了殉情之前的酒鬼样子。不，比那个时候更加浪荡粗俗。缺钱时，我甚至把静子的衣服拿去典当。

---

① 上田敏（1874—1916），日本诗人、翻译家。1905 年出版以法国象征派诗歌为主体的译著《海潮音》。

② 查尔·克罗（Charles Cros, 1842—1888），法国诗人。上述诗句节选自查尔·克罗诗作《世上一些人》，该诗收录于上田敏翻译的诗集《牧羊神》之中。

自从我来到这里，望着那个破烂的风筝发出了苦笑，一年多时间过去了。当樱花树长出新叶的时候，我又一次把静子的和服腰带、衬衣偷偷拿去当铺典当，换来的钱拿去银座喝酒，连着两天夜不归宿。到了第三天晚上，我终于有些过意不去，下意识中回到了公寓，蹑手蹑脚地来到静子房间的门前，听见里面传来了静子和繁子说话的声音。

"爸爸为什么喝酒呢？"

"爸爸不是因为喜欢喝酒才喝的。他人太好了，所以……"

"好人都喝酒么？"

"倒也不是……"

"爸爸肯定会吓一跳吧。"

"说不定会觉得讨厌。喂，你看，它从箱子里跳出来了。"

"就像是急性子阿平一样。"

"是啊。"

我听到了静子似乎发自内心的幸福的低低的笑声。

我将门打开了细细一道缝，朝里面看了看，发现是一只小白兔。小白兔在屋子里四处窜来窜去，静子母女俩正追着它玩。

（她们真幸福啊。我这个混蛋闯入这两个人中间，早晚会把她们的生活搅得一塌糊涂。朴实无华的幸福。一对善良的母女。啊！假如像我这样的人的祈祷，神也愿意听的话，这一次，哪怕一生中就这一次也好，我向神祈祷："请赐给她们幸福。"）

那一刻，我真想蹲在那里合掌祈祷。轻轻地关上门，我又去了银座。从此，我再也没有回去那间公寓过。

在京桥边上一家简易酒吧的二楼，我又开始过上了小白脸的懒散生活。

世人——我觉得自己似乎已经隐约有些明白它究竟是怎么回事了。个人与个人之间的争执，当场争执则当场胜出即可。人绝不可能服从于他人，即便是奴隶，也会以奴隶的方式进行卑屈的报复。所以，人除了当场一决胜负之外，别无其他生存之道。即使标榜着冠冕堂皇的名义，但努力的目标一定在于个人。越过个人之后，依然还是个人。世人的难解之处，便是个人的难解之处。所谓的汪洋大海并非世人，而是个人。这让我从对世人这个大海幻影的恐惧中多少解脱了出来，不再像从前那样没完没了地事事谨小慎微，学会了厚着脸皮随眼前之需行权宜之事。

抛下高圆寺的公寓，我对京桥简易酒吧的老板娘说道："我跟她分手了。"

仅此一句，就够了。一招决胜负，当天晚上，我便强行留宿在了酒吧的二楼。然而，本该令人感到可怕的"世人"却没有对我施加任何伤害，而我也没有对"世人"做出任何辩解。只要老板娘同意，便一切都没有问题了。

我既像是那家店里的客人，又像是主人。既像是个跑堂的，又像是亲戚。在旁人眼里，应该是个身份不明的存在。然而"世人"却丝毫不见讶异，店里的常客们一口一个"阿叶""阿叶"地叫我，待我十分亲切，还请我喝酒。

渐渐地，我对人世不再那么提防，开始觉得人世并非那么可怕的地方了。换句话说，在此之前，我背负的恐惧感是一种如同受到"科学的迷信"威胁似的感觉——担心春风里有数十万百日咳的病菌，担心澡堂里有数十万让人瞎眼的病菌，担心理发店里有数十万使人秃头的病菌，担心电车吊环上有疥癣虫在蠕动。此外，我还担心生鱼片、未烤熟的猪肉牛肉中隐藏着绦虫的幼虫、双盘吸虫或其他寄生虫的虫卵，担心赤脚走路时，细小的玻璃碎片会扎进脚板，在体内四处循环之后，刺破了眼球，让人失明。诚然，数十万计的细菌在浮游、蠕动的说法，从"科学性"的角度而言是正确的。与此同时，我也明白了，只要彻底无视它们的存在，这些便跟自己毫无瓜葛，不过是即刻消失无踪的"科学的幽灵"罢了。在饭盒里剩下三粒米饭，假如千万个人每天都各自剩下三粒，那便等于浪费了好几袋大米；又假如千万个人每天都各自节约一张擤鼻涕的卫生纸，那将会省下来多少纸浆？——诸如此类的"科学统计"曾经让我惴惴不安。每当我剩下一粒米饭，或是擤一次鼻涕，便觉得自己仿佛浪费了堆积如山的大米跟纸浆似的。这种错觉让我困恼不已，心情沉重得如同自己正犯下滔天罪行一般。然而，这正是"科学的谎言""统计的谎言""数字的谎言"。三粒米饭汇集不成一座山，即使作为乘除法的应用题，这也是个极为初级、低端的题目，愚蠢得如同统计人们在缺少照明的阴暗厕所里失足掉进粪坑的概率，或者是计算乘客中究竟有多少人会失足掉进国营电车的车门与站台边缘之间的空隙中去。尽管它确有可能发生，但我从未听说过有人如厕时因为一脚踩空而受伤。那些假说被当做"科学事实"灌输进我的大脑，而我直到昨天之前都对其深信不疑，惶恐不已。我不由得对过去的自己心生怜意，几乎哑然失笑——我终于渐渐地看出了"人世间"的真面目。

话虽如此，对我而言，世人依旧是令我恐惧的对象。即使跟店里的客人打交道，我也必须得先灌下一杯酒才行。俗话说"心里越害怕，眼睛越想看"，就像小孩子反而会将自己有点害怕的小动物紧紧攥在手里一般，我甚至每天晚上都去店里，醉醺醺地跟客人们吹嘘我那拙劣的艺术论。

漫画家。哎，可惜自己只是一个无大欢喜也无大悲哀的无名漫画家。纵然巨大的悲哀会随之而来，我也依然渴盼欢乐的狂潮降临——尽管内心焦灼，但此刻我的欢乐只是跟客人聊一些无谓的事情，喝点他们赏我的酒。

来到京桥后，这种无聊的日子我已经过了快一年。我的漫画也不再限于儿童杂志，开始出现在车站小卖部贩卖的猥琐低俗杂志上。我用"上司几太①"这个极为戏谑的笔名画了一些不堪入目的裸体画，并在其中插入了《鲁拜集》②的诗句：

不要做无谓的祈祷，
那些让人落泪的，都扔了吧！
来，干了这一杯，只想起美好的事情，
忘掉多余的烦恼。

用不安和恐怖威胁人的家伙，
惧怕自己犯下的深重罪孽，
为了防备死者的复仇，
绞尽脑汁，终日算计。

昨夜一场痛饮，
我满心欢喜，
今朝醒来，空余一片荒凉。
奇怪！一夜之隔，
心情居然如此天差地别。

① 在日语中，"上司几太"的发音与"殉情未死"相同。
② 波斯著名诗人欧玛尔·海亚姆（1048—1122）的四行诗集。

不要想什么作祟报应，
像远处传来的太鼓声一般，
那是一种莫名的不安，
倘若连放屁都要一一被问罪，
那还有何药可救？

正义是人生的指针？
那么，在血染的战场上，
在暗杀者的刀锋上，
栖息着什么正义？

何处有世间的真理？
有怎样睿智的光芒？
美丽、恐怖，皆为尘世，
柔弱人子，不堪重负。

只因被种下了无可奈何的情欲种子，
便只能承受善与恶、罪与罚的诅咒，
便只能不知所措，彷徨再彷徨，
只因未曾获得抵御、摧毁它的力量与意志。

曾经在何处如何彷徨？

什么批判、探究、重新认识?

呵! 空幻的梦、虚有的幻象,

呵呵! 我忘了喝酒,一切都是虚假的思量。


望一望这无垠的太空吧!

不过是飘浮于其中的渺渺一点罢了,

谁知道这地球为何自转?

自转、公转、反转,随其所欲!


四处都能感受到至高的力量,

所有国度、所有民族,

都能从中发现共同的人性,

我是个异端者么?


所有人都误读了《圣经》,

否则便是缺少常识和智慧,


居然禁止血肉之躯寻欢作乐、戒除美酒,

够了! 穆斯塔法,我对这些已经深恶痛绝!


　　不过,那时有个纯真的女孩劝我戒酒。她对我说:"这样可不行啊,你每天从中午开始就喝得醉醺醺的。"

她年纪十七八岁，是酒吧对面那家小香烟铺子家的女儿，名叫良子，肤色白皙，长着虎牙。每次我去买烟时，她总是笑着劝我。

"为什么不行呢？有什么不好呢？'杯中有酒须尽欢，人之子啊，抹去一切憎恨吧！'古代波斯的……哎，算了。他还说过：'给悲伤疲惫的心灵带来希望的，唯有令人微醉的玉杯。'你懂么？"

"不懂。"

"这个小混蛋，小心我亲你哦。"

"那你亲啊！"

她毫不羞怯地噘起了嘴巴。

"小混蛋，一点贞操观念都没有……"

可是，良子的表情却分明散发着一种从未被任何人玷污过的处女气息。

过年后一个寒冷的夜里，我醉醺醺地出门买烟，掉进了香烟铺子门前的窨井里。我叫喊着："良子，救救我！"良子把我拉出了窨井，还帮我处理了右手臂上的伤口。当时，她表情严肃，痛心地说道："你喝得太多了。"

我对于死并不在乎，但如果受伤出血变成个残废，那是绝对不干的。在良子帮我处理胳膊上的伤口时，我心里想，是不是差不多也该把酒给戒了。

"不喝了。从明天开始，一滴酒都不沾了！"

"真的？"

"真的，一定戒。戒了之后，良子你愿意嫁给我么？"

其实，我说要她嫁给我是一句玩笑话。

"当啦！"

所谓"当啦"是"当然啦"的省略语。当时流行各种各样的省略语，例如"摩男①""摩女②"之类。

"那好，拉个钩吧！我一定把酒戒了。"

可是第二天，我依然中午就开始喝上了。

傍晚，我摇摇晃晃地走到外面，站在了良子家的铺子前。

"良子，对不起，我又喝酒了。"

"哎呀，真讨厌，装作喝醉酒的样子。"

我心里顿时咯噔一下，感觉酒也醒了。

"不，是真的，我真的喝酒了，不是什么在装醉。"

"别逗我了，你真坏。"

她对我昨天的誓言坚信不疑。

"这不一眼就看得出来么，我今天又从中午开始喝酒了。原谅我吧。"

"戏演得真像啊！"

"不是演戏，小混蛋！小心我亲你哦！"

"你亲呀！"

---

① 摩登男子。
② 摩登女子。

"不，我没有这个资格，得断了娶你的念想。你瞧我的脸，通红通红的吧？我喝酒了。"

"那是夕阳照的呀，你骗我可不成。昨天我们都说好了，你怎么可能去喝酒呢。我们拉了钩的呀。说什么喝了酒，骗人、骗人、骗人！"

良子坐在有些昏暗的铺子里，白净的脸上露着微笑——啊！不知污秽为何物的童贞是多么尊贵！迄今为止，我从未跟比自己年轻的处女睡过觉。跟她结婚吧！纵然巨大的悲哀会随之而来，我也依然渴盼欢乐的狂潮降临，哪怕一生仅有这一次。我曾经以为，所谓处女的美丽不过是愚蠢的诗人天真而伤感的幻想罢了，可这一刻我发现，它确实存在于这世上。跟她结婚，待春天到来时，两个人一起骑车去看绿叶丛中的瀑布。我当即下定决心，以"一招决胜负"的心态，毫不犹豫地盗走这朵鲜花。

不久，我们便结婚了。由此得到的欢乐未必有多么大，但之后降临的悲哀却超乎想象，可以说绝非"凄惨"二字足以形容。对我而言，"世间"终究是一个深不可测的可怕的地方，绝不是仅靠什么"一决胜负"就可以定下乾坤的安逸之所。

二

堀木与我。

彼此看不起对方，却又保持来往，然后一起堕落——倘若这是世上所谓"交友"的真实状态，那我与堀木的关系无疑正是如此。

靠着京桥那家简易酒吧老板娘的侠义之心（女人的侠义之心，这说法有些奇妙，但根据我的经验，至少在都市男女中，女人比男人更有那种可以称之为侠义之心的东西。男人大都怯懦虚荣，而且吝啬小气），我跟香烟铺子家的良子开始了同居生活。我们在筑地靠近隅田川的一栋木造两层小公寓里，租了楼下的一个房间居住。我戒了酒，专心投入到日渐成为自己固定职业的漫画工作上。晚饭后，两个人一起去看电影，回家路上拐进咖啡馆坐坐，或者买一盆花。不，比起这些，更令我开心的是听这个全心全意信任我的小新娘说话，看着她的一举一动。或许自己正一步步地变得越来越像一个正常的人，终于可以不用悲惨地死去了——正当我心里开始悄然地萌生出几分甜美的思绪时，堀木又出现在了我的面前。

"哟，色魔！咦，看你的样子，好像多少懂得一些人情世故了。今天，我可是高圆寺女士派来的特使哦……"

他说到这儿，忽然压低了声音，朝正在厨房准备茶水的良子那边抬了抬下巴，问道："不要紧吧？"

"没关系，有什么话尽管说。"我平静地回答。

实际上，良子可以说是信任的天才。我跟京桥那家酒吧的老板娘之间的关系自不用说，就算告诉她我在镰仓发生的那件事情，她对我跟常子的关系也丝毫不起疑心。这倒不是因为我善于撒谎，有时我甚至说得非常直白，可她似乎都只当作笑话来听。

"你还是一副很张狂的样子啊。其实，也没什么大事。她让我转告你，偶尔也去高圆寺那边走走。"

即将遗忘时，一只怪鸟飞过来，用它的喙啄破了记忆的伤口。刹那间，过去那些耻辱与罪恶的记忆顿时浮现在眼前，历历在目，我害怕得几乎失声尖叫，再也无法平静地坐着。

"去喝一杯吧！"我说。

"好啊！"堀木回答道。

我和堀木，从外表上看十分相似，有时甚至觉得简直一模一样。当然，这仅限于四处去喝廉价酒的时候。总之，两个人一凑在一起，转眼间便会变成身形、毛色相同的两条狗，在下着雪的小巷里乱窜。

从那天开始，我们又开始重归于好，还一起去了京桥那家小酒吧。到头来，这两条喝得烂醉如泥的狗甚至拜访了高圆寺静子的公寓，在那里住了一宿。

我永远忘不了，那是一个闷热的夏日夜晚。日落时分，堀木穿着一件皱巴巴的浴衣来到我位于筑地的公寓。他说今天因为急着用钱，当掉了夏天的衣服，倘若被他的老母亲知道了可就大事不好了，所以想马上把衣服赎回来，让我借点钱给他。不巧我手头也没有钱，便依照老办法，吩咐良子把她的衣服拿去当铺换点钱回来。借给堀木之后还剩了点钱，我让良子买来了烧酒。我跟堀木爬上公寓的天台，对着隅田川上不时吹来的夹着臭水沟味的风儿，摆起了一桌脏兮兮的纳凉晚宴。

我们开始玩起了喜剧名词和悲剧名词的猜词游戏。这是我发明的游戏。所有名词都有阳性名词、阴性名词、中性名词之分，同样也应该有喜剧名词、悲剧名词之分。例如，轮船和火车都是悲剧名词，而有轨电车和公共汽车则属于喜剧名词。至于为什么如此划分，不懂这个的人不配谈论艺术。一个剧作家，哪怕在喜剧中用了一个悲剧名词，也是不合格的。悲剧亦是如此。

"听好了，香烟是什么名词？"我问道。

"悲（悲剧的省略语）。"堀木立刻回答道。

"药呢？"

"药粉还是药丸？"

"针剂。"

"悲。"

"是么？也有荷尔蒙针剂嘛。"

"不，绝对是悲。我问你，针头不就是个一等一的悲么？"

"好吧，算我输了。不过，我跟你说，药和医生，可都出人意料地属于喜（喜剧的省略语）哦。那么，死亡呢？"

"喜。牧师跟和尚也是。"

"答得好！那么，生存应该是悲了。"

"错了，生存也是喜。"

"不对，这样的话，就什么都统统变成喜了！那么，我再问你一个，漫画家呢？总不能也说是喜吧？"

"悲，悲，是个大悲剧名词！"

"说什么呐，大悲剧应该是你啊！"

一旦变成这种低俗的冷笑话，游戏便有些无聊。但我们认为它是世上所有沙龙都不曾玩过的、极为机智的游戏，颇有几分得意。

当时，我还发明了一个与此类似的游戏，那就是猜反义词。黑的反义（反义词的省略语）是白，但白的反义是红，而红的反义是黑。

"花的反义词是？"我问道。

堀木撇着嘴巴，想了想答道："呃，有家餐厅的名字叫'花月'，那就是月了。"

"不对，那不是花的反义词，倒不如说是同义词。星星和紫罗兰，不就是同义词么？月不能算是反义词。"

"我明白了，那么，蜜蜂！"

"蜜蜂？"

"牡丹和……蚂蚁？"

"什么嘛，那是画题。蒙我可不成。"

"明白了！丛云遮花……"

"应该是丛云遮月吧。"

"对了，对了，花对风，是风！花的反义词是风。"

"差了点吧，那不是浪花小调①里的词儿么。你这回可是露了短了。"

"不对，是琵琶。"

"那就差得更远了。要说花的反义词嘛……应该举出这世上最不像花的东西才对。"

"所以，那个……等一下，什么嘛，是女人么？"

"那么，女人的同义词是？"

"内脏。"

"看来，你对诗歌真是一窍不通啊！那么，内脏的反义词是？"

"牛奶。"

"这个回答有点意思。趁这个势头，再来一个。耻辱，honte②的反义词是？"

"是无耻啊，就是流行漫画家上司几太。"

---

① 用三味线（一种日本传统拨弦乐器）伴奏表演的日本民间说唱曲艺。

② 小说原文中使用的是外来语"オント"，译者此处选择其法语原文作为译词，其释义之一为"耻辱"。

"堀木正雄呢？"

从这里开始，我们两人便渐渐笑不出来了。心情变得十分沉郁，就像是喝多了烧酒之后，感觉脑袋里装满了玻璃碎片似的。

"说话不要太狂！我可没像你似的受过被'绳之以法'的耻辱。"

我心头一震。原来在堀木心里，他并没有把我当成一个真正的人看待，而只是把我视为一个自杀未遂、不知廉耻、愚蠢的怪物，也就是所谓的"行尸走肉"。为了自己的快乐而最大限度地利用我，他跟我的"友情"仅此而已！想到这儿，我心里的确不是滋味，但转念一想，堀木那样看我也情有可原。我从小似乎就是一个不配为人的孩子，被堀木这样的人蔑视，也许是理所当然的。

"罪。罪的反义词是什么呢？这可是个难题。"我装作若无其事的样子问道。

"是法律。"堀木平静地回答道。我又重新打量了一下堀木，在附近大楼霓虹灯闪闪烁烁的红色灯光照射下，他的脸看上去如同魔鬼刑警般威严。我顿时呆住了，说道："我说，罪的反义词，应该不是那种东西吧。"

他竟然说罪的反义词是法律！不过，也许世人们都想得那么简单，然后若无其事地活着。他们以为只有在没有警察的地方，罪恶才会蠢蠢欲动。

"那么，你说是什么呢？是神么？你身上总有那么一股基督徒的味道，让人讨厌。"

"不要那样轻易下结论嘛，我们两个人再想一想。这可是一个很有意思的题目，不是么？我觉得，从这道题的答案中可以看出一个人的一切。"

"怎么会……罪的反义词是善，善良的市民，也就是像我这样的人。"

"别开玩笑了。不过，善是恶的反义词，而不是罪的反义词。"

"恶与罪不一样么？"

"我认为不一样。善恶的概念是人创造出来的，是人随便创造出来的道德词语。"

"真是啰嗦！那，还是神吧！神，神。把一切都归结为神，准错不了。我肚子饿了。"

"良子正在楼下煮蚕豆呐。"

"太好了，正是我爱吃的。"

他两手交叉枕在脑后，一下子仰面躺在了地上。

"你好像对罪一点也不感兴趣啊。"

"那当然，我又不像你，是个罪人。我虽然生活放荡，但不会让女人去死，也不会卷走女人的钱。"

我没有让女人去死，也没有卷走女人的钱——一种微弱却竭尽全力的抗议之声在我内心某处响了起来。然而，我旋即转念一想，又觉得一切都是自己的过错——这是我的老毛病了。

我实在无法与人正面交锋。我拼命克制着，不让自己的心情因烧酒带来的沉郁醉意而变得暴烈，几乎是自言自语般地嗫嚅道："不过，只是被关进监狱里不算是罪。我觉得，如果弄明白了罪的反义词是什么，应该就能把握住罪的本质。……神……救赎……爱……光明……可是，神有撒旦这个反义词，救赎的反义词应该是苦恼，爱的反义词是恨，光的反义词是黑暗，善与恶，罪与祈祷，罪与忏悔，罪与告白，罪与……啊！全都是同义词，罪的反义词究竟是什么？"

"罪的反义词是蜜①，像蜂蜜一样甘甜。哎呀，我肚子好饿，去拿点吃的东西来吧。"

"你自己去拿不就得了！"

我的声音中充满了怒意，这几乎可以说是我平生第一次这么说话。

"好吧，那我这就下楼去，跟良子一起犯个罪再上来吧。与其夸夸其谈，不如来个实地考察。罪的反义词是蜜豆——不，是蚕豆吧？"

堀木醉得已经口齿不清了。

---

① 日语中，"罪"的发音倒过来读，便是"蜜"的发音。

"随你的便，赶紧滚吧！"

"罪与饥饿，饥饿与蚕豆，不对，这是同义词吧？"

他一边胡乱说着，一边站起身来。

罪与罚。陀思妥耶夫斯基。这个念头突然从脑海中掠过，我顿时心里一惊。假如那个陀氏把罪与罚并非视为同义词，而是当做反义词搁在一起的话，那么……罪与罚，二者毫无相通之处，彼此水火不相容。将罪与罚当做反义词的陀氏，他笔下的绿藻、腐臭的水池、乱麻般的内心深处……啊，我快明白了！不，还没有……正当这些念头在我脑海里走马灯似的轮番闪现时，传来了堀木的声音："喂！这蚕豆吓死人了！快过来！"

堀木的声音跟脸色都变了样。他刚刚才摇摇晃晃地起身下楼，不知怎么又马上折了回来。

"怎么了？"

气氛异样紧张，两个人从天台下到二楼，接着又从二楼朝一楼我的房间走去。堀木在楼梯那里，停下了脚步，用手指着小声说道："看！"

我房间上方的小窗户敞开着，从那儿可以看到里面。屋里电灯亮着，有两只动物正在干着什么。

我头晕目眩，呼吸急促，在心里喃喃着："这也是人的模样，这也是人的模样，不必大惊小怪……"一时竟然忘记了去救良子，只是呆呆地站在楼梯上。

堀木大声地咳了咳。我逃也似的一个人又跑上了天台，躺在地上仰望着雨气氤氲的夏日夜空。那一刻，涌上我心头的不是愤怒，不是厌恶，也不是悲哀，而是极度的恐惧。那不是面对墓地幽灵时的恐惧，而是在神社的杉树林间遇见身着白衣的神明时所感受到的那种不容分说的、来自远古的、野蛮暴烈的恐惧。从那一夜开始，我出现了少白头，对一切越来越丧失信心，对他人越来越充满怀疑。对于人世生活所怀有的一切期待、喜悦、共鸣与我彻底无缘。这件事在我的人生中具有决定性的意义。我仿佛被人迎面砍中了眉间，自那以后，不管我与什么样的人接触，那伤口每每都会隐隐作痛。

"我同情你。不过，这么一来，你也该多少清醒一点了。我再也不上这儿来了，简直就是个地狱。……不过，良子，你得原谅她，毕竟你也不是什么像样的男人。告辞了！"

堀木不至于傻到在这种令人尴尬的地方久留。

我站起身来，一个人喝着烧酒，呜呜地放声痛哭，怎么哭都哭不够。

不知什么时候，良子捧着盛满了蚕豆的盘子，呆呆地站在了我的身后。

"他本来说什么都不做的……"

"好了，什么都别说了。你不知道怀疑别人。坐下吧，一起吃蚕豆。"

我们并排坐着吃蚕豆。呜呼，难道信任是罪过么？那男的是个三十岁左右的小个子商人，不学无术，每次请我画漫画时，总是装作一副大方的样子，撂下一点点钱。

那个商人后来再没有上门来过。不知为何，比起对那个商人的憎恶，我对堀木的憎恨与愤怒更胜一筹。当他最早发现那一幕时，也不大声咳嗽一下之类，而是直接折回天台通知我。不眠之夜里，这种憎恨与愤怒在我心中熊熊燃烧，令我痛苦不堪。

没什么原谅或者不原谅的。良子是一个信任的天才，她不知道怀疑别人。然而，这正是悲剧的源头。

我问神：信任是罪过么？

对我而言，比起良子的身体被玷污，良子对他人的信任被玷污一事，成了日后漫长岁月中我几乎无法活下去的苦恼的根源。像我这样一个为人不齿、畏畏缩缩，总是看人脸色行事、对别人的信任已经出现裂痕的人，对我而言，良子纯真无瑕的信任之心就如绿叶丛中的瀑布一般清新怡人。然而，一夜之间，它却变成了黄色的污水。看吧，自那一夜之后，良子甚至对我的一举一动都开始小心翼翼起来了。

我"喂"地叫她一声，都会让她吓一跳，连眼睛都不知道该往哪儿看的样子。不管我怎么说笑话，想要逗她笑，她都战战兢兢、如履薄冰，甚至开始对我一个劲儿地使用敬语。

纯真无瑕的信任之心，果真是罪恶之源么？

我搜罗了许多描写妻子被奸污的故事书来看，但我觉得没有一个女子遭受的奸污比良子更悲惨。说到底，这根本不能成为一个故事。那个小个子商人跟良子之间倘若有那么一丁点儿近似于恋爱般的情感，我心里还多少好受一些。然而，夏日的一个夜里，因为良子相信了那人，仅此而已，结果我的眉间被迎面一刀砍中，声音变得嘶哑，出现了少白头，良子不得不一辈子惶惶不安。大部分故事似乎都把重点放在丈夫是否原谅妻子的"行为"上，但对我而言，它却不是多么令人痛苦的重大问题。原谅或不原谅，保留这种权利的丈夫或许才是幸运的吧。如果觉得实在无法原谅也无需大吵大闹，不如麻利地离婚，再娶个新妻子。如果做不到，便选择所谓的"原谅"，忍气吞声。我甚至觉得，不管怎样，一切都可以妥善收场，关键取决于丈夫的一念之间。总之，这种事情对于丈夫而言，确实是个巨大的打击，但那也只是一个"打击"，与那些无穷无尽、连绵不绝、不断涌来的波浪不一样，这种纠葛通过有权利的丈夫的怒气，终究可以消解。可是，我们的情况有所不同。丈夫没有任何权利，总觉得一切都是自己的过错，不用说发怒，甚至连一句怨言也说不出口。而妻子则是因为她罕见的美好品质而遭到玷污，那种美好品质正是丈夫憧憬已久的、无比可爱的纯真无邪的信任之心。

纯真无邪的信任之心，是罪过么？

我甚至对美好品质这唯一的寄托产生了怀疑，所有的一切都变得莫名其妙，只剩下寻求酒精的安慰一条路了。我脸上的表情变得极为卑俗，一大早开始便烧酒在手，牙齿掉得七零八落，画的也都是些近乎淫画的漫画。不，坦白说，我从那时开始仿制春宫图偷偷出售，因为需要钱买酒。每当我看到良子总是不敢正眼看我、一副惶惶不安的样子，心里便会冒出一个又一个疑念：这家伙根本不知道提防别人，跟那个商人之间会不会不止一次？会不会跟堀木？不，或许还跟一些我不认识的男人也有那种关系？尽管如此，我又没有勇气直截了当地质问她，只能在一贯的不安跟恐惧之中愁肠百结。每每用烧酒把自己灌醉，然后小心翼翼地尝试一下低三下四的诱导式讯问。尽管内心十分愚蠢地时喜时忧，但我表面上仍然一个劲儿地扮丑搞笑。接着，对良子施以一番龌龊不堪的爱抚之后，如同烂泥一般沉沉睡去。

那一年的年末，我喝得烂醉如泥，深夜才回到家里。我想喝杯糖水，可是良子好像已经睡着了，只好自己去厨房找白糖罐子。打开盖子一看，里面没有白糖，装着一个细长的黑色小纸盒。我随手拿起来，一看盒子上贴着的标签，顿时愕然。那标签已经被人用指甲刮去了一大半，但洋文部分仍残留着，上面清楚地写着：DIAL。

巴比妥①。那段时间，我沉溺于酒精之中，没有使用安眠药。不过，失眠是我的老毛病，所以我对大部分的安眠药都相当熟悉。这一盒巴比妥的剂量足以让人丧命。虽然盒子尚未拆封，但她应该是准备哪天服用，所以才特意把它藏在这种地方，并且刮掉了标签。真可怜！她不认识标签上的洋文，所以只用指甲刮掉了一半，以为这样别人就不会发现了（你没有罪）。

我尽量不发出任何声响，悄悄地倒满一杯水。然后，我慢慢地打开盒子，将药一口气送入口中，冷静地喝光杯子里的水，关灯躺下。

听说整整三天三夜，我昏睡不醒，就像是死了似的。医生判定为误服药品所致，所以没有报警。快要清醒时，我最早吐出的一句呓语是"回家"。我所说的"家"究竟是指哪里，连我自己都不清楚。总之，据说我那么说完之后，还痛哭了一番。

雾渐渐散开。一看，比目鱼满脸不悦地坐在我的枕边。

"上一次也是发生在年末。大家伙儿都忙得不可开交，可他偏偏专挑年末干这种事，真是要我的老命。"

在一旁听着比目鱼说话的，是京桥那间酒吧的老板娘。

"老板娘。"我叫了一声。

---

① 一种镇静安眠药物。

"嗯，什么事？你醒啦？"

老板娘笑着俯下身凑近我的脸说道。

我的眼泪扑簌扑簌地落下。

"让我跟良子分手吧。"

一句连自己都意想不到的话居然脱口而出。

老板娘直起身，轻轻叹了口气。

接着，我又说了一句不该说的话，同样令人意想不到，不知道该将其形容为滑稽还是愚蠢。

"我要到没有女人的地方去。"

"哈哈哈！"比目鱼首先放声大笑，接着老板娘也哧哧笑了起来，连我自己也一边流着眼泪，一边红着脸露出了苦笑。

"嗯，那样比较好。"比目鱼十分放肆地笑个没完，他说道，"最好去一个没有女人的地方。只要有女人就总是出问题。到没有女人的地方去，这是个好点子。"

没有女人的地方。不曾想，我这傻里傻气的戏言日后非常凄惨地变成了现实。

良子似乎一心认为我是替她喝下了毒药，所以在我面前，她比以往更加惶惶不安了。不管我说什么，她都不苟言笑，也不主动开口说话。我觉得待在公寓的房间里十分憋闷，便又跑到外面，整日泡在廉价的烧酒中。然而，自从那次巴比妥事件以来，我一下子消瘦了许多，四肢乏力，漫画也懒得画了。当时，比目鱼给我留下了一笔慰问金（比目鱼声称那是他的一点心意，俨然一副钱是从他的腰包里掏出来的样子，实际上那些钱是老家的兄长们寄来的。我已经不同于当初从比目鱼家里逃出来时的那个我了，能够隐约看穿他那种装腔作势的把戏了，便也狡猾地装作毫不知情的样子，毕恭毕敬地跟他道谢一番。可是，比目鱼们为什么要这样唱上一出，我似懂非懂，总有一种异样的感觉）。我索性用那笔钱一个人去了南伊豆温泉，可惜我的性格注定无法悠闲地享受这场温泉之旅，一想到良子便伤怀不已，无法平心静气地坐在旅馆的房间里眺望群山。我甚至顾不上换件棉袍，也没去泡一泡温泉，而是跑到外面一处脏兮兮的茶馆似的地方，拼了命地猛喝烧酒，把身体糟蹋得更加糟糕之后，回到了东京。

那一夜，东京下着大雪，我喝醉了，走在银座后面的巷子里，小声地反复哼唱着："此处离乡数百里，此处离乡数百里……"用鞋尖踢着不断堆积的落雪。突然，一口血吐了出来。那是我第一次咳血。只见雪地上出现了一面大大的太阳旗。我在地上蹲了一会儿，然后双手捧起未沾血的雪，一边搓洗着脸，一边哭泣。

这里是哪儿的小路？

这里是哪儿的小路？

如同幻听似的，一个女童哀婉的歌声从远处飘渺传来。不幸。这个世上有着各种各样不幸的人，不，甚至可以说尽是些不幸的人也不为过。可是，那些人的不幸可以堂堂正正地跟所谓的"世人"提出抗议，并且"世人"也容易理解和同情他们的抗议。然而，我的不幸却都是缘于自己的罪恶，无法跟任何人抗议。假如我结结巴巴地吐出哪怕一句带有抗议色彩的话，不仅比目鱼，世上所有的人无疑都会目瞪口呆："你居然还说得出这种话来！"我究竟是个通俗意义上的"任性之人"，还是恰恰相反，生性过于软弱怯懦？——连我自己都弄不明白。总之，我似乎是一个极为罪恶的人，只会让自己不断陷入不幸的泥沼之中，束手无策。

　　我站起身，想着姑且去弄一点合适的药品，便走进了附近的一家药店。当我跟店里的老板娘打照面的那一瞬间，只见她像是被镁光灯闪到眼睛似的，抬起头睁大眼睛，呆呆地愣住了。可是，那双睁大的眼睛里丝毫不见惊愕或厌恶，而是流露出一种近乎求救或仰慕的神色。啊，这个人肯定也是个不幸的人，因为不幸的人对别人的不幸也十分敏感。我心里正这么想着，突然发现那位老板娘原来是拄着拐杖勉勉强强站在那里的。我强忍住朝她跑过去的冲动，继续跟她对望着，泪水不由得涌了出来。这时，她那双大眼睛也扑簌簌地滚下了泪珠。

　　就这样，我一句话也没说，离开了那家药店，跟跟跄跄地回到公寓，让良子弄了点盐水喝下后，默默地睡下了。第二天，我谎称有点感冒，整整躺了一天。到了晚上，我对自己咳血的秘密感到十分不安，便起身去了那家药店。这次，我笑着跟老板娘老老实实地说了自己的身体情况，跟她咨询该如何是好。

"必须把酒戒了才行。"

我们就像是家人一般。

"我可能有些酒精中毒了，现在都想喝上一口。"

"那可不行。我丈夫也是这样，得了肺结核，却说什么酒精可以杀菌，整天泡在酒里，结果自个儿缩短了寿命。"

"心里太不安了，害怕得不行。"

"我给你拿点药，就是这酒可不能再喝了。"

老板娘（她是个寡妇，有一个男孩，进了千叶还是什么地方的医科大学，但没过多久得了跟他父亲一样的病，正休学住院治疗，家里还躺着个中风的公公。她自己五岁时得了小儿麻痹症，有一条腿完全残废了）拄着拐杖，"笃笃笃"地杵着地板，从那边的柜子到这边的抽屉，给我备齐了好几样药品。

这是造血剂。

这是维生素注射液。注射器，是这个。

这是钙片。保护肠胃，可以吃点这个淀粉酶。

这是什么药，那是什么药——老板娘满怀爱心地跟我介绍了五六种药品。可是，对我而言，这位不幸的太太的爱心有些过于沉重了。最后，她说道："这个药，是你实在想喝酒、非喝不可的时候用的。"然后迅速递来一个用纸包着的小药盒。

吗啡注射液。

老板娘说了，它的危害没有酒那么大，我听信了她的话。加上我当时对酗酒开始有了一种羞耻感，能够远离酒精这个撒旦的纠缠让我心里十分欢喜，于是毫不犹豫地将吗啡注射进了自己的手臂。不安、焦躁、羞惭，全都消失得一干二净，我变成了一个开朗快活、能说会道的人。而且，只要打了吗啡，我便会忘记身体的虚弱，画漫画的工作也有了干劲儿，灵感十足，作品妙趣横生，甚至自己画着画着都忍不住扑哧一声笑出来。

我原打算一天一针，后来变成了一天两针。等到一天需要四针时，我已经是缺了它就没法工作了。

"这样可不行啊！要是上了瘾那可就糟了！"

老板娘跟我这么一说，我便觉得自己已经是个相当严重的瘾君子了（我生性极为容易受到别人暗示。"虽说这笔钱用不得，但你毕竟是你……"假如有人这么跟我说，我便会有一种奇怪的错觉，似乎不把钱花掉便辜负了对方的期待似的。于是，那笔钱必然被我迅速地用掉）。因为担心上瘾，我对药物的需求量反而愈发大了。

"求你了！再给我一盒，月底一定把账还上。"

"还账之类的，什么时候倒不打紧。主要是警察那边比较麻烦。"

啊！我的周围似乎总是缠绕着一种浑浊阴暗、见不得人的可疑气息。

"那边就请你想办法帮忙应付一下了。老板娘，求你了！我亲你一下吧！"

老板娘的脸一下子红了。

我乘机更进一步地央求道："没有药的话，我半点工作都干不了！对我来说，那药就是强心剂。"

"那索性直接注射荷尔蒙好了。"

"你别拿我开心了。要么喝酒，如果没有酒的话，就得用那个药，不然我没法工作。"

"酒可不行。"

"是吧？自从我用了那种药，就滴酒未沾。多亏了它，身体状态特别好。我可不想一直都画那些下三滥的漫画。从今往后，我把酒戒了，养好身体，好好用功，一定会成为一个了不起的画家。眼下正是关键的时候，求求你了！我亲你一下吧！"

老板娘笑了起来："真是让人头疼啊！上瘾了，我可不管！"

她"笃笃笃"地拄着拐杖，从架子上取出了那药，说道："不能给你一整盒，你会马上用光的。给你一半吧。"

"真小气，算了，没办法啊。"

回到家里，我马上注射了一针。

"不疼么？"良子战战兢兢地问我。

"当然疼了。不过，为了提高工作效率，就算不乐意也得打这个针。这阵子我精神不错吧？好了，开始工作！工作！工作！"我嚷嚷着。

我曾经半夜去敲过药店的门。老板娘身上穿着睡袍，"笃笃笃"地拄着拐杖走了出来。我猛地抱住她，亲吻她，然后装出一副痛哭流涕的样子。

老板娘默默地递给我一盒药。

药品与酒一样，甚至是比酒更加肮脏、不洁的东西——当我深切地体会到这一点的时候，已经是一个不折不扣的瘾君子了。真是到了无耻之至的地步了。我为了得到那药，又开始仿制春宫图，并且跟那家药店的残疾老板娘发生了名副其实的丑恶关系。

我想死，索性一死了之。一切都已无可挽回了，不管我怎么做、做什么都是徒劳，只会耻上加耻。骑着自行车去看绿叶丛中的瀑布之类的事情，终究是自己的奢望。不过是肮脏的罪恶上面又添加了可耻的罪恶，苦恼越来越多，越来越沉重。我想死，必须死，活着便是罪恶之源。尽管我似乎已然钻进了牛角尖，但仍然一副半癫狂的样子往返于公寓与药店之间。

不管我如何卖力地工作，由于药的用量也跟着一路增加，欠下的药费数目惊人。每次见到我，老板娘都眼含泪水，我自己也潜然泪下。

地狱。

我想到了逃离这个地狱的最后手段。假如连这个也失败的话，便只剩下上吊自杀一条路了。我准备赌一赌神是否存在，怀着这样的决心，给老家的父亲写了一封长信，一五一十地跟他坦白了自己的真实情况（关于女人的事情，终究不敢写上……）。

然而，结果更加糟糕，我等了又等，盼了又盼，始终不见回信。焦躁不安之余，我反而又加大了用药的剂量。

今晚，干脆一口气注射十针，然后跳进大河里——我暗自下定了决心的那天下午，比目鱼像是凭着他那恶魔般的直觉嗅到了什么似的，带着堀木出现了。

"听说你咳血了。"

堀木盘腿坐在我面前说道，他的脸上浮现出我从未见过的温柔的微笑。那温柔的微笑让我感激、欣喜，不由得背过脸去，泪如雨下。仅仅因为他那温柔的微笑，我便被彻底地打败、葬送了。

我被他们带上了汽车。比目鱼也以平静低沉的语调（那语调如此平静，我甚至想用"充满慈悲"一词来形容）劝我："不管怎样，你必须先住院，其他事情就交给我们来办。"我就像一个既没有意志也没有判断力的人，只是抽抽搭搭地啜泣着，唯唯诺诺地听从他们两人的安排。加上良子，我们四个人坐在汽车里，一路摇晃了很长时间。当四周变得有些昏暗时，我们来到了森林里一家大医院的门口。

我一心以为这是一所结核病疗养院。

一个年轻的医生给我做了极为温柔、认真细致的检查之后，有些腼腆地说道："我看，你就在这里静养一段时间吧。"比目鱼以及堀木和良子把我一个人留下回去了。良子把装着换洗衣服的包袱交给我，然后一声不响地从腰带里掏出了注射器和用剩下的药品递给我。她可能真的一直以为那是强心剂吧。

"不，我已经不需要了。"

这实在是一件稀罕事。拒绝别人的劝诱，在我此前的人生中，说这是唯一的一次也毫不为过。我的不幸是缺乏拒绝能力之人的不幸。我心里一直有一种恐惧感，觉得一旦拒绝别人的劝诱，将在对方以及自己心里造成永远也无法弥补的深深的裂痕。可是那一刻，我非常自然地拒绝了自己曾经疯狂渴求的吗啡。也许是被良子那种"神一般的无知"打动了吧。那一瞬间，我应该已经跟毒瘾告别了吧。

我很快被那位挂着腼腆微笑的年轻医师领进了一栋病房，随即门咔嚓一声锁上了。这里是精神病医院。

到没有女人的地方去——我在那次服下巴比妥时说过的蠢话竟然不可思议地变成了现实。那栋病房里清一色都是男性的精神病人，连看护也是男的，没有一个女人。

如今，我不止是个罪人，还成了一个疯子。不，我绝对没有发疯！哪怕是一瞬间，我也不曾发疯过。不过，据说疯子一般都这么说自己。总之，被关进这家医院的人都是疯子，没有被关进来的都是正常人。

我问神：不抵抗是罪过么？

堀木那不可思议的美丽微笑让我感激涕零，忘记了判断与抵抗坐上汽车，被带到这里，变成了一个疯子。将来即使从这里出去，我的额上还是会被烙下"疯子"的印记。不，是"废人"的印记。

我失去了做人的资格。

我已经彻底不再是人了。

来到这里时是初夏时节。从铁格子窗户望出去，可以看见庭院里的池塘中开着红色的睡莲。过了三个月，庭院里的波斯菊开始绽放时，老家的大哥突然带着比目鱼来接我出院了。大哥用他向来一本正经又带着些紧张的口吻告诉我："父亲上个月底因胃溃疡过世了。你过去的事情我们不再追究，生活方面也不会让你操心，你可以什么都不用做。不过，前提是你必须离开东京，到乡下去疗养，尽管你也许会有些割舍不下。你在东京惹出的事情，涩田应该都帮忙处理得差不多了，你可以不必惦记。"

故乡的山河仿佛就在眼前一般，我轻轻地点了点头。

真是废人一个。

得知父亲过世的消息之后，我变得愈加萎靡不振。父亲已经不在了。那个一刻也不曾离开过我心间、难忘又可怕的存在，已经不在了。我的苦恼之壶变得空空如也，甚至觉得它之前之所以那般沉重，莫非都是因为父亲的关系？我简直像是彻底泄了气似的，连苦恼的能力也没有了。

大哥不折不扣地兑现了对我的承诺。从我出生长大的小镇出发，搭上南下的火车，经过四五个小时的路程，有一个东北地区罕见的温暖的海滨温泉乡。大哥买下了村边的一处茅屋送给我，虽然有五间房，但相当破旧，墙面剥落，柱子也被虫蛀了，几乎无法修缮。他还给我雇了一个年近六十、一头红发的丑陋女佣。

之后，时光又过去了三年多。在这期间，我被那个叫作阿哲的老女佣以奇怪的方式侵犯了数次，有时也会跟她夫妻似的吵架，肺部的毛病时好时坏，身体胖一阵子瘦一阵子，有时还会咳血。昨天，我让阿哲去村里的药店买些卡尔莫丁，结果她买回来的卡尔莫丁盒子跟平常不一样。我也没有特别在意，睡前吞了十片，却丝毫没有睡意。正觉得有些纳闷，肚子突然疼了起来，连忙跑去厕所，结果腹泻得厉害。之后，又接连跑了三趟厕所。蹊跷之余，仔细看了一下药盒，发现原来是一种名叫海诺莫钦的泻药。

我仰面躺在床上，肚子上放了个热水袋，准备好好跟阿哲抱怨一下："喂，你看！这不是卡尔莫丁，这叫海诺莫钦……"

刚要说出口，自己倒是先呵呵呵地笑了出来。"废人"——这看来像是个喜剧名词。想要睡觉，却吞下了泻药。而且，那泻药的名字叫作海诺莫钦。

如今，我已经无所谓幸福不幸福。

一切都将过去。

如同置身地狱一般，我在所谓的"人世间"活到今天，觉得可以视之为真理的，唯有这句话。

一切都将过去。

我今年将满二十七岁。由于白发明显增多，许多人都以为我已经年过四十了。

# 后　记

　　我并不认识写下这些手记的狂人。不过，在手记中作为京桥小酒吧老板娘登场的那个人，我倒是有几分熟悉。她个子不高，气色不太好，眼睛细细地上挑，气质清冷，让人觉得与其说她是个傲慢的美人，不如说是个俊美的女子。这些手记中描写的主要是昭和五至七年①期间东京的风情。我在朋友的带领下，顺道去那家小酒吧喝过两三次加冰的苏打威士忌。那是日本"军部"逐渐开始嚣张的昭和十年②前后的事情了，所以我并未见过写下这些手记的那个男人。

　　今年二月，我去拜访一位疏散到千叶县船桥市的朋友。这位朋友是我大学时代的同学，现在在某女子大学担任讲师。事实上，我曾经拜托这位朋友帮我的一个亲戚说媒。一方面为了这个事情，另一方面也想顺道给家里人买些新鲜的海产品尝尝，我便背上背包朝船桥市出发了。

　　船桥市邻近泥海，是一个相当大的城市。朋友刚刚移居此地不久，所以即使我说出朋友家的门牌号跟当地人问路，他们也都不知道具体在哪里。天气寒冷，加上背着背包的肩膀有些酸痛，我在留声机放出的提琴声的吸引下，推开了一家咖啡馆的门。

我觉得老板娘有些眼熟，一问，原来她竟然是十年前京桥那家小酒吧的老板娘。她似乎也立刻记起了我，彼此都大吃一惊，随即相视而笑。当时，遇上这种情况，人们一般都会互相问一问对方在那场空袭大火中流离失所的遭遇。我们没有那么做，而是颇为自得地聊了起来。

"不过，你可真是一点都没变呐！"

"哪里哪里，已经是老太婆一个，身子骨都吃不消了。你才真叫年轻呐！"

"哪儿的话，孩子都三个了！今天就是为了他们出来买东西的。"

这也是另一种久别重逢的人们之间的寒暄模式。然后，我们又互相询问了一下彼此共同的朋友的讯息。说着说着，老板娘突然语气一变，问我："你认识阿什么？"我回答说不认识。只见老板娘走到里面，拿出三本笔记本和三张照片递给了我，说道："这些也许可以成为写小说用的素材呢。"

我这个人向来无法用别人硬塞过来的材料来创作。本想当场还给老板娘，却被那些照片（关于那三张照片的怪异，

---

① 即 1930 至 1932 年。

② 即 1935 年。

我在前言中已经说过了）给吸引住了，就姑且收下了那些笔记本。我跟老板娘说，回去时还会顺路再来这里，问她是否知道住在某某街某某号的某某某，是一个女子大学的老师。结果她认识，毕竟都是新近搬到这儿来的。她说我朋友有时也会光顾这间咖啡馆，家就在附近。

那天夜里，我跟朋友小酌了几杯，后来留宿在他家。我彻夜未眠，着迷地翻阅着那些笔记本，直到天亮。

手记里写的虽然都是些过去的事情，但即使是今天的人们读了也会相当感兴趣的。与其我妄加修改，不如原封不动，拜托某家杂志社把它刊登出来更有意义。

给孩子们买的海产品只有鱼干。我背着背包，告别了朋友，又顺路来到那家咖啡馆。

"昨天太感谢你了。不过……"我直截了当地问道，"这些笔记本能不能借给我一段时间？"

"好啊，你拿去吧。"

"这个人还活着么？"

"哎呀，这就完全不知道了。大概十年前，有人往京桥店里寄了一个小包裹，里面装着笔记本和照片。寄件人肯定是阿叶，可是小包裹上没有阿叶的住址，甚至连姓名都没写。空袭时，它们混在其他东西里居然逃过了一劫，也真是不可思议。前一阵子，我第一次把它全部读完了……"

"你哭了么？"

"没有，与其说是哭……没救了，人一旦变成那个样子就完了。"

"十年过去了，这么说，他或许已经不在世上了。他给你寄来这些东西，或许是为了跟你表示感谢吧。尽管有些地方写得夸张了点，但你好像也受了不少累啊。假如这些都是事实，而且我也是这个人的朋友，说不定我也会想把他带去精神病院的。"

"是他的父亲不好。"

老板娘若无其事地说道。

"我们认识的阿叶那么率真，那么乖巧，他只要不喝酒，不，就算喝酒……也是个像神一样的好孩子。"

斜　阳

# 一

早晨，母亲在餐厅里轻轻地啜了一匙汤后，轻轻地发出了一声："啊！"

"有头发么？"

我以为是汤里混进了什么脏东西。

"不是。"

母亲就像什么也没发生过似的，轻快地又将一匙汤送入口中。随后，她转过脸去，将视线投向了厨房窗户边上盛开的山樱。接着，她就那么侧着脸，轻快地又将一匙汤送入她那小巧的唇瓣间去。用"轻快"一词来形容母亲的动作绝非夸张。她用餐的方式与妇女杂志上介绍的大相径庭。弟弟直治有一次一边喝着酒，一边对我这个做姐姐的说过这样的话：

"不是说有了爵位，就可以称之为贵族的。有些人虽然没有爵位，却与生俱来地具有出色的贵族气质。也有人像我们似的空有爵位，却别说是什么贵族，几乎跟贱民差不多。

岩岛（直治举了同学中的一个伯爵为例）之辈，那种人简直比新宿红灯区拉皮条的还要不入流。上回在柳井（仍旧说了弟弟的一个同学的名字，他是子爵家的次子）大哥的婚礼上，那家伙居然还装模作样地穿着正式的礼服！有必要穿正式礼服么！这也就罢了，席间致辞的时候，那家伙居然还上了蹩脚的敬语！真是令人作呕。装腔作势跟高雅完全是两码事，一种可笑的虚张声势。在本乡一带，常常可以看见'高级寓所'的招牌。实际上，可以说大部分华族就像高级乞丐一样。真正的贵族根本不屑于像岩岛那样装腔作势。我们这个家族里，也就只有妈妈算得上是真正的贵族了。她是货真价实的贵族，一些地方任谁也比不上。"

就说喝汤的方式吧，我们常常身子微微俯向汤盘，横拿着汤匙舀起汤，然后保持着同一姿势送入口中。而母亲却是左手手指轻轻地搁在餐桌边上，上半身姿势挺拔，端正地抬着头，甚至不怎么正眼看盘子，横拿着汤匙迅速地舀起汤，汤匙与嘴角成一个直角，将汤从汤匙前端送入唇瓣之间。她的动作是那么的轻盈漂亮，仿佛燕子。她漫不经心地左瞅瞅右看看，像是扑闪着小翅膀似的轻巧地使着汤匙——既不会洒落一滴汤，也没有发出任何喝汤或餐具碰撞的声音。这也许不符合正统礼仪，但在我眼里却十分可爱，才是真正地道的用餐方式。事实上，比起低着头从汤匙边上喝汤，从容地挺起上半身，将汤从汤匙送入口中，这样喝汤要美味得多，真是不可思议。不过，我是直治所说的那种高级乞丐，无法像母亲那样轻巧、自然地使用汤匙，无奈只能断了念头，俯身于盘子上方，遵循所谓正统的礼仪沉闷地喝汤。

不只是喝汤，母亲的用餐方式跟正统礼仪可谓相去甚远。餐桌上出现肉类的时候，她会十分利落地用餐刀与叉子将它全部切成小块，然后把餐刀放在一旁，换成右手拿着叉子，一块一块地叉起来，悠闲惬意地享用。此外，带骨的鸡肉等，在我们为了将肉和骨头分开却不让餐盘发出声响而煞费苦心时，母亲却不以为意地轻轻用指尖捏住骨头，直接用嘴把骨头和肉给撕开了。即便是那种野蛮的动作，母亲做起来岂止是可爱，甚至不可思议地带着几分情色的味道，真正的贵族果然不同凡响。不仅是带骨头的鸡肉，午餐时的火腿、香肠之类，母亲有时也会轻巧地用手指拿着吃。

母亲曾经说过："知道饭团为什么美味么？因为它是用人的手指捏出来的啊。"

我有时也想，东西用手捏着吃也许别有风味。只是我觉得像我这样的高级乞丐，如果东施效颦，很可能就成了名副其实的乞丐相，便忍住了。

连弟弟直治都说比不过母亲，我对此也深有体会，有时甚至觉得模仿母亲是件极为困难、令人绝望的事情。有一次，初秋月色怡人的一个夜晚，在西片町那边家里的后院，我和母亲两个人在池畔的亭子里，一边赏月一边说笑，聊着狐狸嫁女儿与老鼠嫁女儿嫁妆有什么不同之类。突然，母亲一下站起身来，走进了亭子旁边的胡枝子灌木深处。接着，她从白色的胡枝子花丛中探出了那张更为白皙的脸，笑了笑，说道："和子，你猜猜，我现在在做什么？"

"摘花。"

听我这么回答，母亲小声地笑着说道："小便哦。"

我对母亲一点都没有下蹲感到十分惊讶。不过，她的行为有一种让我们无法模仿的、打心眼里觉得可爱的地方。

从早晨的喝汤一事说起，我跑题跑得有些远了。之前，我读一本书时知道了路易王朝时的贵妇人们曾经不以为意地在王宫的庭院中、走廊的角落里小便。我觉得她们那种天真真的非常可爱，母亲或许是那些真正的贵妇人中的最后一位了。

话说回来，今天早晨，母亲喝了一匙汤后，小声地叫了一声"啊"。我问她是不是汤里有头发，她回答说不是。

"是不是咸了？"

早晨的汤是我把前几天美国配给的青豆罐头过滤之后做成的浓汤，本来我对烹饪就没什么自信，所以尽管母亲跟我说了"不是"，我心里反而更加不安，于是便那么问了。

"你做得很好。"

母亲认真地说道。喝完汤后，她用手捏起海苔包的饭团吃了起来。

我从小不喜欢吃早餐，不到十点，肚子都不饿。那一天，我也是好不容易把汤喝完了，没有什么食欲，便把饭团搁在盘子里，用筷子把它捣得七零八碎，再用筷子夹起一小块，像母亲喝汤时使用汤匙那样，让筷子和嘴巴成一个直角，如同给小鸟喂食似的塞进嘴里，慢慢吞吞地吃着。这时母亲已经全部吃完了，她轻轻地站起身，背靠着洒满朝阳的那面墙，默默地看着我用餐，说道："和子，你这样还是不行啊，必须把早餐当成最美味的一餐。"

"母亲呢？您觉得美味么？"

"那还用说，我已经不是病人了。"

"我也不是病人。"

"不行，不行。"

母亲有些落寞地笑着摇了摇头。

五年前，我曾经得了肺病卧床不起。我知道那是一种任性引起的娇气病。此前母亲的病才真的令人担心、难过。可是，母亲却一直为我的事情操心。

"啊！"

我说道。

"怎么了？"

这回是母亲在发问。

我们互相看了看对方，一些事情仿佛已经了然于心。我噗嗤地笑了，母亲也莞尔一笑。

当一种难耐的羞耻感袭上心头时，我便时常轻轻地发出那声奇妙的"啊"。六年前离婚时的事情方才冷不防地浮现在脑海中，历历在目。不堪忍受之余，我不由得发出了一声"啊"。母亲的情况又怎样呢？她不可能有我那样不堪的过去，不，或许是？

"母亲刚刚也想起了什么事情吧？是什么事情呢？"

"忘记了。"

"是我的事情么？"

"不是。"

"直治的事情？"

"也许……"

她说到一半，侧着头想了想："是吧。"

弟弟直治上大学时被部队征兵去了南洋群岛，杳无音信，战争结束之后依然下落不明。母亲说她已经做好了再也见不到直治的心理准备，但是我从未做过那种"心理准备"，一心认为我们一定会重逢。

"我以为自己已经断了念想，可是喝着美味的汤，想到了直治，便顿时忍不住了。以前应该对他更好一点的。"

直治升入高中之后极度沉迷文学，生活过得几乎像个不良少年似的，不知道让母亲操了多少心。然而，母亲喝一口汤便想起直治，发出"啊"的一声。我把米饭塞进嘴里，眼眶一热。

"您放心吧，直治会平安无事的。像他那样的坏蛋没那么容易死的，会死的都是些老实、漂亮、温柔的人。直治那种家伙，哪怕用棍子打都打不死的。"

母亲笑着打趣我："这么说，和子可能属于早死的那种人哦。"

"咦，为什么？我可是坏蛋中的坏蛋，活到八十岁没问题呐。"

"是么？那，妈妈活个九十岁没问题。"

"是啊。"

话刚出口，便觉得有些不妥。坏人长寿，美人短命。母亲长得非常漂亮，可我希望她长寿。我顿时茫然不知所措。

"太坏了！"

说完，我的下唇开始发颤，泪水夺眶而出。


来说说蛇的事情吧。四五天前的下午，住在附近的孩子们在院子围墙边的竹丛里发现了十个蛇蛋，他们坚持说是蝮蛇的蛋。到时候竹丛里如果生出十条蝮蛇来，那可就轻易不敢到院子里走动了。想到这里，我说："把它们烧了吧。"孩子们听了后雀跃不已，跟在我后面一起来到了竹丛附近。我们堆起树叶和木柴，点着之后，把蛇蛋一个个地扔进火里，但蛇蛋一直烧不起来。孩子们往火里又添了一些树叶和小树枝，加大了火势，然而蛇蛋依然不见着火。

坡下农户家的女儿在围墙外面笑着问："你们在干些什么呀？"

"在把蝮蛇的蛋烧掉。要是孵出蝮蛇来，那就太可怕了！"

"蛋有多大？"

"跟鹌鹑蛋差不多大小，雪白雪白的。"

"这么说，那只是一般的蛇蛋，应该不是蝮蛇的蛋。生的蛋很难烧起来的。"

农户家的女儿似乎觉得有些滑稽，笑着走开了。

火堆一直烧了三十分钟左右，但蛇蛋始终没有燃烧起来。我让孩子们从火中捡起蛇蛋，埋在了梅花树下。然后，我收集了一些小石头做了一个墓标。

"我说，孩子们，来拜一拜吧。"

我蹲下身双手合十，孩子们也都老老实实地在我身后蹲下，合掌行礼。跟他们分开之后，我一个人沿着石阶慢慢地往上走，发现母亲站在石阶上方紫藤花棚的阴影处，她对我说："你可真够狠心的。"

"还以为是蝮蛇蛋呐，结果只是普通的蛇蛋。我已经把它们安葬好了，没事的。"

我嘴上这么说，但心里还是觉得这一幕被母亲看在眼里很是糟糕。

母亲绝非一个迷信的人，但自从十年前父亲在西片町家中过世之后，她便非常害怕蛇。父亲临终之前，母亲看到父亲的枕边掉落着一根细细的黑色带子，便随手想将它捡起来，结果发现那是一条蛇。那条蛇咻溜溜地迅速逃走，出了走廊之后便不知去向。据说只有母亲与和田舅舅两人目睹了一切，他们面面相觑，为了避免在父亲临终时闹出乱子，都竭尽全力忍住了不作声。所以，尽管我们当时也在现场，对那条蛇的事情却是一无所知。

不过，父亲过世那天傍晚，院子里池塘边的每棵树上都盘着蛇一事，我倒是亲眼见过。我现在是个二十九岁的"老太婆"了，十年前父亲过世时，我也已经十九岁，不是个孩子了。尽管十年时间过去了，但我对当时的记忆依然清晰，应该不会有什么出入。为了剪几枝供奉用的鲜花，我朝院子里的池塘走去，在池塘边种着杜鹃花的地方停了下来。仔细一看，发现杜鹃花的枝条上盘着一条小小的蛇。想要摘下胡枝子的花枝时，发现那里也盘着蛇。一旁的桂花、小枫树、金雀花、紫藤、樱花，不管是哪一种花木，上面都盘着蛇。不过，我并不觉得有多么可怕。只觉得或许这些蛇也跟我一样，为父亲的过世感到悲伤，便从洞里爬了出来，祭拜父亲的亡灵。我把院子里有蛇的事情偷偷告诉了母亲，她十分平静，好像微微地歪着头想了想，但并没有说什么。

不过，自从这两件与蛇相关的事情发生之后，母亲便变得特别厌恶蛇，这是一个事实。与其说是厌恶蛇，不如说是尊崇蛇、惧怕蛇，换言之，她对蛇有一种畏惧。

　　我烧蛇蛋这一幕被母亲看到，她一定会觉得是不祥之兆。这么一想，我顿时也开始觉得自己那么做是件特别可怕的事情。我担心这件事或许会给母亲带来什么厄运，便日复一日一直挂在心上，难以忘却。没想到今天早晨在餐厅里，我又失言说什么"美人短命"之类的无稽之谈，事后怎么都无法圆回来，最后忍不住哭了。吃完早餐收拾东西时，我总觉得好像有一条会让母亲短命的可怕的小蛇钻进了自己的内心深处，厌恶得不得了。

　　然后，那一天，我在院子里见到了蛇。那天是个非常和煦的好天气，我处理完厨房的事情，便想把藤椅搬到院子里的草坪上，在那里织会儿毛衣。当我搬着藤椅来到院子里时，发现点景石边的竹丛处有条蛇。"噢，真讨厌！"我当时就这么一念闪过，并未多想，便抱着藤椅折回檐廊，把它放在那里，然后坐下开始织毛衣。到了下午，我想去院子角落的佛堂里面把收藏的洛朗森①的画册取出来。我一走下庭院，便发现草坪上有一条蛇在非常缓慢地爬行。它跟早晨我见到的是同一条蛇，长得细细长长的，气质优雅。我认为它

――――――――――――
　　① 玛丽·洛朗森，法国画家，"野兽派"和"立体派"的一员。

是一条母蛇。它静静地横穿过草坪，一直到了野玫瑰的阴影处停了下来，昂起头，舞动着小火焰般的舌头。它以这种姿势四处眺望了一会儿，然后垂下头，无精打采地伏在那儿。我当时仍是一心只觉得那是一条美丽的蛇。不一会儿，我去佛堂取来了画册。返回时，我悄悄地望了一眼方才蛇待着的地方，可它已经不见了。

临近傍晚时，我跟母亲一边在中式客厅里喝着茶，一边眺望着院子。这时，在石阶的第三级那里，早晨那条蛇又慢慢悠悠地出现了。

母亲也看见了。

"那条蛇是？"

说着，母亲立刻起身跑到我身旁，抓住我的手，呆立不动。

母亲这么一说，我也顿时回过神来，脱口而出："那些蛇蛋的母亲？"

"是，是的。"

母亲的声音有些嘶哑。

我们互相拉着手，屏住呼吸，默默地注视着那条蛇。只见忧郁地伏在石阶上的蛇摇摇晃晃地又开始动了起来，有气无力地穿过石阶，爬进燕子花丛中去了。

"从早晨开始，它就在院子里四处爬行了。"我小声地说。

母亲叹了一口气，疲惫不堪地坐进椅子里，语气低落地说道："是吧？它在找蛋啊，真是可怜。"

我无奈地笑了笑。

夕阳照在母亲脸上，她的眼睛看上去甚至有些发蓝。那张微微带着怒意的脸美得让人想要扑过去拥抱她。我意识到："啊！母亲的脸跟刚才那条悲伤的蛇有些相似。"接着，不知为何，我突然觉得，藏在我心里的那条蝮蛇般扭动的丑陋的蛇，终有一天可能会咬死这条深陷于悲伤之中的无比美丽的母蛇。

我把手放在母亲柔软、瘦削的肩膀上，感受到了一种莫名的痛苦。


我们放弃东京西片町的家，搬到伊豆这座稍微带了点中国风格的山庄，是在日本无条件投降那年的十二月初。自从父亲过世之后，我们家的经济便由母亲的弟弟，如今应该是母亲唯一的亲人和田舅舅帮忙掌管。战争结束之后，世事变迁，和田舅舅跟母亲说一切已经无力回天，除了卖掉房子之外别无出路，不如辞退所有用人，母女二人去乡下买一处干净整洁的房子，惬意自在地过日子。对于母亲而言，钱的事情比孩子的事情更让她一头雾水。和田舅舅跟她这么说了，她便拜托对方帮忙处理。

十一月底，舅舅寄来一封快信。他在信里写道："位于骏豆铁道沿线的河田子爵家的别墅正在出售，那房子建在高处，景致优美，还有一百坪①左右的田地。那一带是赏梅的胜地，冬暖夏凉，住在那里肯定十分惬意。因为必须跟对方当面洽谈，所以请明天无论如何到我银座的办公室来一趟。"

"母亲您去么？"我问。

"去吧，之前是我拜托人家帮忙的。"

母亲一副极为落寞的样子笑着说。

第二天，在以前的司机松山的陪同下，正午稍稍过了一点时间，母亲便出门了。晚上八点左右，母亲在松山的护送下回来了。

"定下来了哦。"

母亲走进我房间，手撑在书桌上，就那么瘫坐了下去，然后便说了那一句。

"什么定下来了？"

"全部。"

"可是……"

我有些惊讶，说道："是所什么样的房子，连看都没看就……"

母亲一只胳膊支在桌子上，手轻轻地搭在额头上，细细地叹了口气："你和田舅舅说了，那里是个好地方。我觉

① 日本面积计量单位。1坪约等于3.3平米。

得，就这么闭着眼睛搬到那房子里去也行。”

说着，她扬起脸，微微一笑。那张脸有些憔悴，却十分美丽。

“是啊。”

母亲对和田舅舅的信任让我甘拜下风，于是便附和道："那，我也闭着眼睛搬过去吧。"

我们俩大声地笑了。可是，笑完之后，无比落寞。

接下来，每天都有工人来家里打包行李，开始为搬家做准备。和田舅舅也来了，他帮忙安排处理各种事情，把能卖的东西都卖了。我和女佣阿君一起又是整理衣物，又是把家里的破旧物品在院子前烧掉，忙得不可开交。母亲既不帮忙收拾东西，也不做任何指示，每天总是待在房间里磨磨蹭蹭的。

即便我狠下心来，有些尖刻地问她："怎么了？又不想去伊豆了么？"

她也只是一脸茫然地回答道："不是。"

十天后，总算收拾好了。傍晚，我和阿君两人把废纸和稻草之类堆在院子前焚烧时，母亲也从房间里走了出来，站在檐廊上，默默无语看着我们烧东西。灰扑扑的凛冽西风吹过，烟低低地贴着地面飘。我不经意间抬头看了看母亲，只见她的脸色从未有过的糟糕。我吃惊之余叫了一声："妈妈！您的脸色很不好。"母亲淡淡地一笑，说道："没什么。"然后，又悄悄地回房间去了。

那天夜里，因为棉被都已经被打包好了，所以阿君睡在二楼洋式房间的沙发上，母亲和我则待在母亲的房间里，盖着从邻居那里借来的一套被褥，一起睡下了。

"因为有和子在，有和子在我身边，我才去伊豆的。因为有和子在身边……"母亲说了一件令人意外的事情，她的声音异常地苍老虚弱。

我大吃一惊，不由得问道："要是和子不在呢？"

母亲突然哭了出来，断断续续地说："那还不如死了好。你父亲在这个家里过世，我也想索性死在这里。"

说着，她哭得越来越厉害。

母亲从未在我面前说过这样的丧气话，也从未在我面前如此痛哭过。父亲过世的时候，我出嫁的时候，我怀着孩子回到母亲身边的时候，孩子在医院里以死胎出生的时候，我生病卧床不起的时候，还有直治做了坏事的时候，母亲都从未流露过这种软弱。父亲过世后的十年间里，母亲跟父亲在世时一样，依然是那个闲适从容、温柔可亲的母亲。我们也在她的宠爱下无忧无虑地长大了。可是，母亲如今已经没有钱了。她都是为了我们，为了我和直治，毫不吝惜地把钱花光了。而且，她现在必须离开这个长年住惯了的家，前往伊豆的小山庄，跟我一起两个人相依为命，过上寂寞冷清的生活。假如她是个坏心眼的吝啬鬼，总是教训我们，偷偷想办法攒自己的私房钱，那么不管世事如何变化，她都不会陷入这种想要求死的绝望之中……啊！我生平第一次发现，没钱是多么可怕、悲惨、无可救药的地狱！我心里非常难受，想哭又哭不出来，所谓人生的严峻，说的便是这一刻的感受了吧。我一动不动地仰面躺着，像块石头似的僵在那里。

第三天，母亲依然脸色不好，也更加磨磨蹭蹭，似乎想要尽可能在这个家里多逗留一些时间。和田舅舅来了，他说行李已经差不多都送走了，今天就出发去伊豆。于是，母亲勉强穿上了外套，跟前来道别的阿君、平日里来往的人们无言地点了点头，跟舅舅和我三人一起离开了西片町的家。

火车比较空，我们三个人都坐上了位子。在火车上，舅舅心情非常好，还哼着小曲儿。母亲的脸色十分苍白，低着头，一副很冷的样子。我们在三岛换乘骏豆铁道，在伊豆长冈下了火车。然后，坐了大概十五分钟的巴士，下车后朝着山的方向沿着一个缓缓的山坡往上走，来到一个小小的村庄。在那村庄的边上，坐落着一处带着中国风格的、精致的山庄。

"妈妈，这个地方比我们想象中的要好啊。"

我兴奋地说。

"是啊。"

母亲站在山庄的玄关前，有一瞬间露出了欣喜的眼色。

"首先，这里空气很好，是干干净净的空气。"

舅舅得意地说道。

"真的很新鲜。"母亲微笑着说,"这里的空气,非常新鲜。"

我们三个人都笑了。

走进玄关一看,从东京寄来的行李已经到了。从玄关到房间,四处都堆满了行李。

"另外,从客厅放眼望去,景色宜人。"

舅舅有些忘乎所以,把我们拉去客厅坐下。

时间是下午三点左右,冬日的阳光柔和地照在院子里的草坪上。从草坪走下石阶,有一个小小的池塘,边上种了许多梅树。院子下方是一片宽阔的橘子园,然后是村公路,路的对面是水田,水田的远处是一片松树林,越过松树林便可以望见大海。这样坐在客厅里,一眼望去,大海的水平线和我的胸口差不多齐平。

"景色很柔和啊。"

母亲懒懒地说道。

"也许是空气的原因吧,这里的阳光跟东京完全不一样。光线像是用绸子滤过似的。"

我兴奋地说道。

山庄的一楼有一个十榻榻米和一个六榻榻米的房间以及一个中式客厅,玄关有三榻榻米大小,浴室也有三榻榻米,还有餐厅和厨房。二楼有一个铺着大床的西式客房。虽然全部就这几个房间，但是我想我们两人——不，哪怕直治回来变成三个人，也不会觉得拥挤狭窄。

舅舅出门去这个村庄里仅有的一家旅馆安排晚餐。不久，便当就送来了。舅舅在客厅里打开便当，喝着他带来的威士忌，说起他跟山庄之前的主人河田子爵一起在中国游玩时的糗事，兴致十分高昂。但是，母亲只动了几下筷子。不久，四周渐渐暗了下来，母亲小声地说："让我躺一会儿。"

我从行李中取出了被褥，让她躺下。不知为何，我总觉得很不放心，便从行李中找出体温计，给母亲量了一下体温，发现居然有三十九度！

舅舅也很吃惊，赶忙到下面的村庄里找医生去了。

"妈妈！"

我呼唤着母亲，但她一直昏昏沉沉的。我紧紧地握住母亲瘦小的手啜泣着。母亲真是好可怜，好可怜！不，我们俩真是好可怜，好可怜！我一直哭个不停。一边哭，一边想着不如就这样跟母亲一起死去算了。我们什么都不再需要了。在离开西片町的家时，我们的人生就已经画上了句号。

大概过了两个小时，舅舅领着村里的医生回来了。医生已经上了年纪，身着仙台平①的裙裤，脚上穿着白布袜。

---

① 一种产于仙台的优质纺织制品。

诊断之后，医生模棱两可地说："也许会变成肺炎。不过，即使变成肺炎，也不用担心。"他给母亲打了一针便回去了。

第二天，母亲还是没有退烧。和田舅舅给了我两千块钱，交代我万一母亲必须住院的话，就往东京他那边发个电报。当天，他先回东京了。

我从行李中取出极少量必需的炊具，煮了粥给母亲吃。母亲躺着吃了三匙，便摇头不吃了。

快到正午时，下面村子的医生又来了。这次虽然不再身着裙裤，但还是穿着白布袜。

"是不是住院更……"我说。

医生的回答仍旧模棱两可："没有那个必要吧。今天我给她打一剂加强针，烧应该就会退了。"

医生给母亲打了那个加强针，就回去了。

不知道是不是那剂加强针起了奇效，当天午后，母亲的脸变得通红，发了一身汗。我给母亲换睡衣时，她笑着说："那人说不定是个名医呢。"

母亲的体温降到了三十七度。我高兴极了，跑到村子里仅有的一家旅馆，请那里的老板娘匀给我十个鸡蛋。然后，立刻煮成半熟的给母亲吃。母亲吃了三个半熟鸡蛋，还有半碗粥。

第二天，村里的名医又穿着白布袜来了。我对他昨天给母亲打加强针表示感谢，他深深地点了点头，脸上一副理所当然会见效的表情。医生给母亲仔细地做了检查，然后转身对我说："老夫人已经痊愈。所以，老夫人此后想吃些什么、做些什么，均无妨碍。"医生说起话来依然十分古怪，我拼命忍住才没有当场笑出来。

我把医生送到玄关，回到房间一看，发现母亲已经坐起身来。她看上去非常开心，有些出神地自言自语道："还真是一位名医啊，我的病已经好了。"

"妈妈，我把拉门打开吧。外面正在下雪呐。"

花瓣似的鹅毛大雪轻轻飘落。我打开拉门，跟母亲并排坐着，透过玻璃窗眺望伊豆的雪景。

"我的病已经好了。"母亲又自言自语地说道。

"这么坐着，总觉得以前的事情像是一场梦似的。到了搬家前的最后一刻，我真的无论如何、不管怎样都不想来伊豆了。哪怕一天也好，半天也好，就想在西片町的家里多待一会儿。上了火车后，我觉得自己都半死不活了。到达这里时，刚开始有那么一点开心。可是，天黑下来时便开始想念东京，心里难受得火烧火燎的，就昏迷过去了。我这不是一般的病。老天爷杀死了我一次，把我变成另一个人后，又再次让我活过来了。"

自那以后，直到今天，我们俩的山庄生活还算是平安无事地过来了。村子里的人对我们也非常友好。我们搬到这里是在去年的十二月，之后一月、二月、三月过去了，直到如今四月，我们除了做饭之外，有时待在檐廊织毛衣，有时在中式客厅看书、喝茶，几乎过着与世隔绝的生活。二月，梅花吐蕊，整个村子都淹没在了梅花的海洋里。进入三月之后，风和日丽的日子居多，盛开的梅花丝毫不见凋零，一直美丽地绽放到三月末。无论清晨、午间、傍晚还是夜里，梅花都美得令人叹息。一打开檐廊的玻璃窗，花香便倏地飘进屋子里。三月末，一到黄昏，总有风儿吹过。我在餐厅里摆着碗筷，便有花瓣从窗口吹入，落在碗里湿了。四月，我和母亲在檐廊上一边织毛衣一边聊天，两人的话题总离不开种地的计划。母亲说她也想帮忙。啊！这么一写，我们似乎真的有些像母亲哪天说过的那样，死去了一次，又变成全新的自己活了过来。然而，像耶稣般的复活终究不是人所能做到的。母亲话虽那么说，但每啜一口汤，她便会想起直治，"啊"一声。而我自己往日的伤痕实际上也从未愈合过。

啊！真想毫不隐瞒地写个明明白白。有时，我甚至暗自认为，这个山庄的安稳日子不过是一种表面上的假象。即便这是我们母女从神那里得到的一个短暂假期，一片平和的背后也已经有一种不祥的阴影在悄然靠近——我总有这么一种感觉。母亲装作幸福的样子，可身体却一天不如一天。我的心里栖居着一条蝮蛇，它不惜牺牲母亲日渐肥硕，不论我如何竭力控制。啊！如果这仅仅是季节的缘故就好了。近来，我对于这种生活感到无从忍受。干出焚烧蛇蛋之类的荒唐事情，应该也是我这种焦躁情绪的表现。这让母亲越发悲伤，越加衰弱。

"恋爱"，写到这里，我便再也写不下去了。

# 二

蛇蛋事件之后，大约过了十天，又发生了一件不吉利的事情，让母亲陷入更深的悲伤之中，缩短了她的寿命。

我差点引发了一场火灾。

我引起火灾——从小到大，我做梦都没有想到，人生中居然会发生这么可怕的事情。

如果用火不慎就会引起火灾，如此理所当然的事情，我却浑然不知。或许我就是人们所说的那种"千金小姐"吧。

半夜里，我起身去上厕所，走到玄关的屏风旁边时，发现洗澡房那边有亮光。不经意间瞧了一眼，发现洗澡房的玻璃窗一片通红，还听到了噼噼啪啪的响声。我连忙小跑着过去打开洗澡房的便门，光脚跑到外面一看，只见堆在洗澡房灶边的柴火堆正在熊熊燃烧。

我急忙飞奔到紧挨着院子下方的一户农家，拼命地拍着门叫喊："中井先生！快起来！着火了！"

中井先生好像已经睡下了，但还是应声道："好！马上就来！"我一个劲儿地喊着："拜托了！请快一点！"只见他穿着睡衣从家里冲了出来。

我们俩跑到火堆旁，用水桶打池子里的水泼上去。这时，从客厅的走廊那边传来了母亲的一声惊呼。我赶紧扔下水桶，从院子跑到走廊，说："妈妈，别担心！没事的，您回去休息吧。"我紧紧抱住快要倒下的母亲，送她回床边睡下，然后又跑回着火的地方。这次，我舀起澡盆中的水递给中井先生，他把水泼到柴火堆上，但火势凶猛，这么做根本无济于事。

"着火啦！着火啦！别墅着火啦！"

只听见下边传来呼喊声，即刻之间，四五个村民冲破篱笆墙，跳进院子里来。他们用接力的方式将篱笆墙下的灌溉用水一桶桶地传递过来，两三分钟之内就把火浇灭了。差一点，火势就要蔓延到洗澡房的屋檐了。

我松了一口气，突然想到了火灾的起因，顿时心里一惊。那一刻，我第一次意识到，傍晚时，我把洗澡房灶里烧剩的木柴取了出来，以为火已经熄灭了，便搁在了柴火堆旁边，结果导致了方才那场火灾。意识到这一点后，我泫然欲泣，呆呆地站在那里。这时，我听见前面西山家的儿媳在篱笆墙外大声地说："洗澡房烧光了！烧灶的柴火没灭干净。"

村长藤田先生、巡警二宫先生、警防团①团长大内先生等人赶来了。藤田村长像往常一样亲切地笑着问我："吓坏了吧。怎么回事呀？"

"都是我不好，我以为把柴火熄灭了……"

话说到一半，觉得自己着实凄凉，眼泪顿时夺眶而出，之后便低头不语。我想自己也许会被警察带走，变成罪犯。当时我光着脚，身上穿着睡衣，一副狼狈不堪的模样。这令我羞愧难当，深切地感受到了潦倒。

"我明白了，你母亲呢？"

藤田村长用安慰的语气静静地说道。

"我让她在房间里歇着，她真是吓坏了……"

"不过，还好火没有烧到房子。"年轻的二宫巡警也安慰我道。

这时，住在坡下的农户中井先生换了衣服又过来了。

"没什么，就是木柴烧着了一点点，连个小火灾都算不上。"他气喘吁吁地说着，为我愚蠢的过失辩护。

"这样啊，我明白了。"

藤田村长频频点头，跟二宫巡警小声地商量了些什么，接着说："那么，我们就先告辞了，给老夫人带好。"

然后，他便跟警防团团长大内先生以及其他人一起回

① 1939 年，日本为防备空袭以及其他灾害而成立的兼具防控、消防等职能的机构。

去了。

只有二宫巡警留了下来。他走到我跟前，低不可闻地说："那，今晚的事情，我就不特地上报了。"

二宫巡警回去后，住在坡下的农户中井先生问我："二宫先生怎么说？"声音听上去十分担心而且紧张。

"他说不上报了。"

我一说完，当时还有些附近的邻居站在篱笆墙边，似乎也听到了我的回答。"那就好，那就好。"他们这么说着，陆陆续续都回去了。

中井先生也说了声"歇着吧"，便回家去了。之后，我一个人呆呆地站在着过火的柴火堆旁边，满眼含泪地抬头仰望天空，发现天色已近黎明。

我在洗澡房清洗了手、脚和脸，却有点不敢去见母亲，便在不到五平方米的洗澡房里梳理头发，磨蹭了半天。接着又去了厨房，收拾那里无须收拾的餐具，直到天彻底亮了。

天亮之后，我蹑手蹑脚地去客厅一看，发现母亲已经穿好了衣服，十分疲惫地坐在中式客厅的椅子上。她看到我来了，微微笑了笑，但脸色苍白得吓人。

我没有笑，默默地站在了母亲坐着的椅子背后。

过了一会儿，母亲说："没什么大不了的呀，柴火本来就是拿来烧的。"

我突然开心起来，噗噗地笑了。"一句话说得合宜，就如金苹果在银网子里。"——我想起了《圣经》中的一句箴言，深深地感谢上帝，让我有幸拥有这样温柔的母亲。昨晚的事情就让它在昨晚画上句号吧，我不想再为它闷闷不乐。我透过中式餐厅的玻璃窗，眺望着清晨时分伊豆的大海，久久地站在母亲身后。最后，母亲平静的呼吸和我的呼吸合为一体了。

简单吃过早餐之后，我动手收拾被烧过的柴火堆。村里唯一一家旅馆的老板娘阿咲从院子的栅栏门那边一路小跑过来，嘴里说着："怎么了？怎么了？我刚刚听说，昨晚到底怎么回事啊？"她的眼里闪着泪花。

"对不起。"我小声地道歉。

"说什么对不起呀。对了，小姐，警察怎么说？"

"说是不上报了。"

"那就好。"她的脸上露出了由衷为我感到高兴的神情。

我跟阿咲请教，该以何种形式跟村民们表达感谢和歉意。她告诉我可能还是给钱好，还说了应该带上钱去哪些人家里道歉。

"不过，要是小姐不想一个人跑来跑去的话，我可以陪着一起去。"

"一个人去比较好吧？"

"你一个人行么？如果行的话，当然还是一个人去好。"

"我一个人去吧。"

然后，阿咲帮我收拾了一会儿被火烧过的地方。

收拾结束后，我从母亲那里拿了一些钱，将一张张百元纸钞用美浓纸包好，并且在每个纸包上写了"致歉"二字。

首先去了村公所。藤田村长不在，我把纸包交给负责接待的姑娘，说道："昨晚的事情，真的非常抱歉。今后我一定小心，还请多多谅解。请代我向村长致歉。"

然后，去了警防团团长大内先生家里。大内先生来到玄关，见到我，没有说话，只是有些痛心地微笑着。不知为什么，我突然想哭，好不容易道出一句"昨晚真是抱歉"，便匆匆告辞了。一路上，泪水止不住地落下，妆都花了，我只好先回家，在盥洗间洗了一下脸，重新化好妆。正在玄关穿鞋准备再出门时，母亲过来问："还要再上哪儿去么？"

"嗯，才刚刚开了个头。"

我头也不抬地回答。

"辛苦你了。"母亲关切地说。

在母亲的爱的支持下，我这回再没有哭，跑完了所有该去的地方。

去区长家里时，区长不在家，他的儿媳妇出来接待。一看到我，她反而自己先噙满了泪水。在二宫巡警那边，他连声说着"幸好，幸好"，大家都非常和善。接着，我又去了附近的几户邻居家里，他们也都同样对我表示同情，出言安慰。只有前面西山家的儿媳妇——虽说是儿媳妇，但也已经是四十左右的阿姨了，她把我狠狠地训了一顿。

"今后可得小心点呐！不管你们是宫里的金枝玉叶还是什么人，我看你们过日子跟过家家似的，早就替你们捏着一把汗了。你们就像俩孩子一起生活似的，到现在为止，如果没来个火灾反倒奇怪了！从今往后，你们可真是得小心了！我跟你说，昨晚要是风再大一些，整个村子都烧成灰了。"

昨晚，住在坡下的农户中井先生等人跑到村长和二宫巡警跟前替我辩护，说没有酿成火灾，当时正是这位西山家的儿媳妇在围墙外边大声嚷嚷"洗澡房烧光了！烧灶的柴火没灭干净"。不过，西山家儿媳妇的抱怨也让我真切地感受到了严重性，事情的确就像她说的那样。我一点也不恨她。虽然母亲用一句玩笑话"柴火本来就是用来烧的"来安慰我，但当时如果风大，或许就像西山家儿媳妇说的那样，整个村庄都会被烧个精光。要真是那样，恐怕我以死谢罪也难以弥补。如果我死了，母亲必定也活不下去，还会玷污已故父亲的名声。虽然如今已经说不上什么皇族、华族，但假如注定要毁灭的话，那索性来一场华丽的毁灭。由于引发火灾而以死谢罪，这种凄惨的死法，我死不瞑目。总之，我必须好好振作起来。

从第二天起，我开始卖力地干地里的农活。坡下农户中井先生家的女儿常常过来帮忙。自从引发火灾丢人现眼之后，我觉得自己身上的血好像有点变成暗红色了。心里盘踞着一条恶毒的蝮蛇，这次连血液都变了颜色——我觉得自己愈发成了一个粗野的乡下姑娘。即使跟母亲一起在檐廊编织东西，也觉得憋闷、难受，倒是去地里挖土干活反而心情更加舒畅。

这就是所谓的体力劳动吧？这种力气活对我而言，并非第一次干。战争时，我被征召去当劳工，甚至干过打夯的活儿。现在下地干活时穿的胶底布袜也是当时军队发的。当时，我平生第一次穿上了这种胶底布袜，居然出人意料地舒服。我穿着它在院子里走了走，觉得似乎也感受到了鸟兽赤脚在地上行走时的轻盈，心中雀跃不已。战争中愉快的回忆仅此一个。回想起来，战争真是无聊之至。

去年，没有发生什么事。
前年，没有发生什么事。
大前年，没有发生什么事。

战争结束后不久，某家报纸上刊登了这首有趣的诗。真的，现在试着回想战争时期，觉得好像发生了各种各样的事，但又好像什么都没发生过似的。关于战争的回忆，我既不喜欢讲，也不喜欢听。尽管许多人在战争中丧命，但这话题依然陈腐无聊。或许是我自私任性的缘故吧，只有自己被征召为劳工、穿着胶底布袜打夯一事，我觉得不那么陈腐。

虽然也有十分辛酸的经历，但当时被迫去打夯，却让我变得相当强壮。现在，我有时甚至想，哪天日子真过不下去了，就去打夯赚钱活下去。

当战局逐渐变得令人绝望时，有个穿着军装模样衣服的男人来到了西片町的家里，递给我一份征用通知以及劳动日程表。我一看那张表，发现自己从第二天开始，必须每隔一天就去立川的深山里干活，眼泪便不由得落了下来。

"请人代工，不行么？"

我的眼泪止不住，终于啜泣起来。

"军队给你发来了征用通知，那就必须本人去。"

那个男人语气强硬地回答。

我下决心去。

第二天是个雨天，我们在立川山脚下排好了队列，先由军官对我们进行训话。开头是一句："这场战争，我们必胜！"

接着，他说道："虽然这场战争，我们必胜无疑，但是如果各位不遵照军队的命令好好做事，将会妨碍前方作战，出现冲绳那样的后果。希望各位务必完成分配到的任务。此外，这山里，也许有间谍混入，要互相警惕。接下去，各位也要跟军人一样，进入阵地干活。要充分注意，阵地的情况绝对不可以外传。"

山中烟雨蒙蒙，男男女女将近五百名队员淋着雨站在那里，听这场训话。队员中夹杂着一些国民学校的男女小学生，一个个都冻得快要哭了。雨水透过我的雨衣渗入上衣，不久连贴身衬衣都湿了。

那天，我挑了一整天的土，在回家的电车中泪流不止。第二次，干的是拉绳子打夯。我觉得这是最有趣的活儿。

去了两三趟山里之后，我发现国民学校的男学生们总是异样地盯着我看。有一天，我正在挑土时，两三个男学生与我擦肩而过。其中一个小声地说："她是间谍吧？"

我不由得大吃一惊。

"他们为什么那么说？"我问跟我并排挑着土走的年轻姑娘。

"因为你像个外国人。"年轻姑娘认真地回答。

"你也觉得我是间谍么？"

"不是的。"这次她微微笑了笑。

"我可是个日本人呐！"说完，连自己也觉得自己说的话傻里傻气的，便一个人吃吃地笑了起来。

有一天，天气晴好，我一早就开始跟男人们一起搬运木头。一个负责监视我们的年轻军官皱着眉头，指着我说："喂！你！你跟我过来。"然后，他迅速朝着松林走去。不安和恐惧让我胆战心惊。我跟着他往前走，发现林子深处堆满了刚从木材厂送来的木板。走到木板堆前，军官停住脚步，唰地朝我转过身来，露出白白的牙齿笑道："每天都很累吧？今天，你就负责看管这些木材吧。"

"站在这里么？"

"这里又凉快又安静，你可以在这板子上睡个午觉。要是觉得无聊，或者可以看看这个。"

说着，他从上衣口袋掏出了一本小小的文库本，有些不好意思地扔在了木板上。

"可以看看这本书。"

文库本的封面上写着《三套车》。

我拿起那本书，说："谢谢。我家里也有个爱读书的人，他现在去南洋了。"

"啊，是么？应该是你家先生吧。南洋，可不得了啊。"他好像误会了我的意思，摇了摇头，关切地说道。

"总之，今天你就在这里看木材，你的盒饭我一会儿给你送过来。好好休息吧。"

说完，他便匆匆走了。

我坐在木材上看起了文库本。差不多读到一半时，那个军官咔嚓咔嚓地踩着皮鞋走来了。

"我给你带盒饭来了。一个人，很无聊吧。"

说着，他把盒饭放在草地上，又匆匆忙忙地转身回去了。

吃完饭后，我爬上木材堆，躺着看书。全部看完后，便迷迷糊糊地睡起了午觉。

一觉醒来，已经过了下午三点。我忽然觉得之前在哪里见过那个年轻的军官，想了想，可是没能想起来。我从木材堆上下来，顺了顺头发。这时，"咔嚓咔嚓"的皮鞋声又响了起来。

"哎呀，今天辛苦你了，你可以回去了。"

我跑到军官跟前，把文库本递给他，想要跟他道谢，却说不出话来。我默默地抬头望着他，四目相对那一刹那，泪水不由得夺眶而出。那个军官眼里也闪着泪花。

我们就那么默默地分别了。自那以后，那个年轻的军官再也没有出现在我们干活的地方。我只有那一天轻松了一天，之后依然每隔一天去立川的山里做苦工。母亲非常担心我身体吃不消，结果我的身体反而强壮了起来。如今，我不仅对打夯这种活儿有了自信，下地干活也不觉得有多么痛苦了。

我说过，那些关于战争的事情，不想说也不想听，却又忍不住把自己的"宝贵经历"说了出来。不过，在我的战争记忆中，也只有这件事让我有一点点想说的欲望。其他的，正如那首诗所说的：

> 去年，没有发生什么事。
> 前年，没有发生什么事。
> 大前年，没有发生什么事。

想来荒唐，留在我身边的只有这双胶底布袜，真是梦一场。

从一双胶底布袜开始，谈到这些无谓的事情，有些跑题了。不过，现在我穿着这双可以说是战争唯一的纪念品，每天下地干活，借以平息内心隐隐的不安与焦躁。然而，近来母亲却眼见着一天天地衰弱下去。

蛇蛋。

火灾。

从那个时候起，母亲的病容愈加明显。而我则恰恰相反，似乎越来越像个粗野卑俗的女人了。我总觉得自己好像在不断地吸走母亲身上的元气，越来越胖。

发生火灾时，母亲开玩笑说"柴火本来就是拿来烧的"，之后便再也没有提起火灾的事，反而一直安慰我。但是，她内心受到的打击肯定比我还要强上十倍。那场火灾之后，母亲有时会在半夜里发出呻吟。另外，刮大风的夜里，她会假装上厕所，从床上爬起来好几趟，四处巡视。她的脸色总是欠佳，有时候连走路都十分吃力。她之前说过想帮我干点农活，我告诉她不用，但她不听劝，用大水桶从井里拎了五六桶水到田里。结果，第二天，她说肩膀痛得呼吸都困难，在床上整整躺了一天。从那以后，她好像对下地干活死了心，即使偶尔来地里，也只是目不转睛地看着我干活。

"听说喜欢夏天的花儿的人，会在夏天死去，这是真的么？"

今天，母亲来地里静静地看我干活，看着看着，她忽然开口说了这么一句。

当时我正在默默地给茄子浇水。啊，说起来，已经是初夏了。

"我喜欢合欢，可这个院子里一棵也没有。"

母亲又静静地说道。

"不是有很多夹竹桃么？"

我故意有些刺耳地回答。

"我不喜欢它。夏天的花，大部分我都喜欢。不过，夹竹桃太轻佻了。"

"我嘛，喜欢玫瑰。不过，它四季都开花，那喜欢玫瑰的人，就会在春天死去、夏天死去、秋天死去、冬天死去，必须反反复复死个四回了？"

说着，两个人都笑了。

"要不要歇会儿？"母亲仍然笑着说，"今天刚好有事情想跟和子说一说。"

"什么事？死之类的话题免谈。"

我跟在母亲身后，来到紫藤花架下，并肩坐在了长椅上。紫藤花已经谢了，柔和的午后阳光透过紫藤叶洒在我们膝上，把我们的膝盖染成了绿色。

"很早之前，我就想跟你说这个事情了，想着找一个我们俩都心情愉快的时候说，所以一直等到了今天。反正不是什么好事。不过，今天总觉得我可以痛快地说出来了，你就耐着性子听我说完吧。实话跟你说吧，直治还活着。"

我顿时僵住了。

"五六天前，和田舅舅来了封信。信上说，有一个以前在舅舅公司里工作的人，他最近从南洋回来，去舅舅家拜访。一番闲聊之后，发现他碰巧和直治在同一个部队。那人说直治平安无事，应该很快就会回来了。不过，唉，有件事比较麻烦。他说直治的鸦片毒瘾好像非常严重……"

"又来了！"

我像是吞了什么苦味的东西一般，嘴巴都歪了。直治上高中时，模仿一个小说家，吸毒成瘾，为此欠下药店一大笔债。母亲整整花了两年时间才还完那笔钱。

"是的，又开始了。不过，好像那个人也说了，鸦片没有戒掉的话，应该不允许回来，肯定是戒掉了才会回来的。舅舅在信里说，即便是戒掉了再回来，像直治那种不省心的人，也不能让他马上就去哪里做事。眼下东京这般混乱，连正常人去那儿工作，都会觉得有几分像是发狂似的，更何况刚刚戒毒完的半个病人。他会立刻发疯的，说不定闹出什么事儿来。所以，直治如果回来了，最好马上把他接到伊豆山庄，哪儿也不许去，在这里静养一段时间。这是一点。还有，哎，和子，舅舅信里还嘱咐了另一件事。舅舅说，我们的钱已经彻底用光了。又是存款冻结，又是财产税什么的，舅舅已经很难再像以前那样给我们寄钱了。直治回来后，妈妈跟直治、和子三个人如果都闲在家里，舅舅为了筹措我们的生活费会伤透脑筋。所以，他吩咐说，趁现在要么给和子找个婆家嫁出去，要么找个人家去帮工，两样中选一样。"

"帮工，去当女佣么？"

"不是，舅舅说了，那个，就是驹场那位……"母亲说出了某个皇族的名字，"舅舅说，如果是那个皇族，跟我们也有些血缘关系。和子去他们家帮工，兼做小姐的家庭教师，也不至于那么孤单难受。"

"就没有其他工作了么？"

"舅舅说，其他工作，和子可能都干不了。"

"为什么干不了？"我说，"为什么干不了？"

母亲只是落寞地微笑着，没有再作回答。

"那种事情，我不干！"

我自己也知道这些话不该说，但仍然控制不住。

"我穿着这种胶底布袜、这种胶底布袜……"

我话刚一出口，泪水便涌了出来，忍不住哇的一声大哭起来。我抬起头，用手背抹去眼泪，尽管心里一个劲儿地想着"不应该这样，不应该这样"，但话语像是跟肉体完全无关似的，一句句无意识地朝着母亲迸出来。

"您有一次不是说过？因为有和子、因为有和子陪在身边，妈妈才来伊豆的，您不是说过？您不是说，如果没有和子，就一死了之么？所以，就是因为这些，我才哪里也没去，一直待在妈妈身边，像这样穿着胶底布袜，给妈妈种好吃的蔬菜，一心只想着这些……可是您一听说直治要回来了，就突然嫌我碍事，让我去皇族家里当女佣，太过分了！太过分了！"

虽然自己也知道这些话说得过头，但话语就像是另一个生命体似的，怎么都停不下来。

"穷得没钱了，把我们的衣服卖掉不就行了么？把这房子也卖了不就行了么？我什么活儿都能干！在村公所当个女办事员什么的，我都干得了。要是村公所不肯雇我，我还可以去打夯！贫穷算得了什么，只要妈妈疼爱我，我愿意一辈子待在妈妈身边。可是，看来妈妈更疼爱直治。我走！我离开这里！反正我跟直治向来性格不合，三个人一起生活，彼此都痛苦。我已经跟妈妈两个人一起生活了很长一段时间，也没什么可遗憾的了。今后，就让直治跟妈妈两个人亲密无间地一起生活吧，让他好好尽尽孝心。我已经厌倦了，这样的生活我已经厌倦了。我走，我今天就走，马上就走！我有地方去！"

我站了起来。

"和子！"

母亲厉声叫住我，脸上充满了我从未见过的威严。她猛地起身，跟我面对面站着，看上去个子显得比我更高一些。

我想立刻跟她说对不起，却怎么也说不出口，反而又冒出了别的话来："您骗了我！妈妈您骗了我！直治回来之前，您一直在利用我。我是妈妈的女佣，利用完了，这回就打发我去皇族家。"

哇的一声，我站在那里，放声大哭。

"你这个傻瓜。"

母亲低沉地说道，声音因为怒气而颤抖。

我扬起脸，又说了一通不该说的傻话："没错，我是傻瓜！因为是个傻瓜，所以才会上当受骗！因为是个傻瓜，所以才会惹人嫌！我不在更好，是吧？穷，是怎么回事？钱，是什么东西？这些我通通都不懂。我只是相信爱、相信妈妈的爱，才活到现在的！"

母亲忽然背过脸去，她在哭。我想紧紧抱住母亲，跟她说对不起，却又有些介意自己的双手干农活弄脏了，莫名地觉得心里不是滋味。

"只要我不在就行了吧？我走，我有地方去。"

丢下这句话，我一路小跑来到洗澡房，抽抽搭搭地边哭边清洗脸和手脚。洗完之后，我回到房间换上洋装时，再次哇的一声大哭起来。我想尽情地哭个痛快，便跑上二楼的西式房间，扑倒在床上，用毯子蒙住头，直哭得撕心裂肺。哭着哭着，我的意识有些蒙眬起来，渐渐开始思念某个人，想看见他的容颜，想听见他的声音。这种思念如此难耐，以至于我心里有一种特殊的感觉——似乎两只脚心正在被滚烫的灸火灼烧，而自己却只能一动不动地忍受着。

将近傍晚时分，母亲悄悄地走进二楼的西式房间，"啪嗒"一声打开电灯，来到床边，非常温柔地叫道："和子。"

"哎。"

我爬起身，双手拢了拢头发，看着母亲的脸，呵呵地笑了。

母亲也微微地笑了。接着，她坐在窗户下方的沙发上，身子深深地陷了进去。"有生以来，我第一次没有按照你和田舅舅说的去做……妈妈刚刚给你舅舅写了回信。我跟他说，我的孩子们的事情，就让我做主好了。和子，我们把衣服卖了吧！把我们俩的衣服一件件卖掉，痛痛快快地挥霍，过一过奢侈的日子。我不想再让你下地干活了，我们买些贵一点的蔬菜，不也行？天天那样干农活，你吃不消的。"

事实上，每天的农活也开始让我觉得有些吃不消了。刚才我发疯似的大哭大闹，也是因为干农活的劳累和悲伤夹杂在一起，觉得一切都让人怨恨、厌烦。

我坐在床上，低着头，默不作声。

"和子。"

"哎。"

"你说有地方去，指的是哪里？"

我感到自己脸一直红到了脖子根。

"是细田先生那里么？"

我不吭声。

母亲深深地叹了一口气，说："我可以说说以前的事情么？"

"您说吧。"

我小声地回答。

"你还记得么？当年，你离开了山木家，回到西片町家里时，妈妈并没有说过什么责备你的话，只说了一句'你辜负了妈妈的期望'。结果，你哭了起来……我也觉得'辜负'这个说法有些太重了……"

可是，那个时候，母亲那么说我，我反倒觉得难得，是因为高兴才哭了的。

"妈妈那时说的'辜负'，不是指你离开山木家的事，而是因为山木先生跟我说，和子实际上跟细田先生原来是一对。当他那么告诉我的时候，我真的气得脸都变色了。细田先生早就有了妻儿，不管你对他多么倾心，都是没有结果的……"

"说什么一对，真是太过分了。那不过是山木先生的胡乱猜测罢了。"

"是么。你不会还在想着那位细田先生吧？说有地方去，是去哪里？"

"反正不是细田先生那里！"

"是么？那么，是哪里？"

"妈妈，我最近在想一件事情，人跟其他动物相比，彻底不同之处究竟在哪里？不管是语言、智慧、思维，还是社会秩序，尽管各自存在不同程度的差异，但其他动物也都具备这些吧？说不定它们也有信仰。虽然人类自诩为万物灵长，一副了不起的样子，但跟其他动物似乎并没有什么本质区别。不过，妈妈，倒是有一处彻底不同，您可能不知道吧？其他生物绝对没有，只有人类才有。那个呢，就是秘密！怎么样？"

母亲的脸上淡淡地泛起了红晕，她动人地笑道："啊，但愿和子的秘密能结出美好的果实。妈妈每天早上都祈求你父亲保佑和子幸福。"

跟父亲一起去那须野兜风，中途下车时望见的秋日原野倏地浮现在了我的心头。胡枝子、瞿麦、龙胆、黄花龙芽等秋天的花草正在绽放，野葡萄的果实还是青色的。

之后，我跟父亲一起在琵琶湖坐了摩托艇。我跳进水里，栖息在水藻中的小鱼撞到了我的腿，而我的腿的影子则清晰地映在了湖底，不停地晃动——这些情景前后毫无关联地忽然浮现在我的心头，继而又消失了。

我从床上滑下来，抱住母亲的膝头，终于能够说出一句:"妈妈,刚才对不起!"

回想起来,那些日子是我们俩幸福生活残留的最后一道光。之后,直治从南洋回来,我们真正地狱般的生活开始了。

# 三

似乎不论如何挣扎、不管怎么努力都活不下去的惶恐——这就是所谓的不安吧？痛苦阵阵袭上心头，正如傍晚阵雨过后，白云一朵接着一朵匆匆掠过空中似的，时而勒紧我的心脏，时而让它放松，我的脉搏凝滞，呼吸微弱，眼前一片模糊发黑，全身气力似乎都从指尖溜走了——我已经无法再继续织东西了。

最近阴雨连绵，让人做什么都提不起精神来。今天，我把藤椅搬到客厅檐廊，准备把今年春天开了个头后一直没再动的毛衣继续织下去。浅牡丹色的毛线有些褪色了，我打算往里头增添一些钴蓝色的毛线，织成一件毛衣。这个浅牡丹色的毛线是二十年前我上小学时，母亲用来给我织围脖的。围脖的一端是头巾，我戴上它在镜子前一照，像个小鬼似的。而且颜色跟其他同学的围脖截然不同，我一点儿也不喜欢它。有个关西纳税大户家的同学，曾以小大人的口吻称赞过："不错的围脖嘛！"可是，我觉得更加难为情了。自那以后，我再也没有戴过这条围脖，丢在一边很久了。今年春天，出于"旧物换新颜"的想法，我把它拆了，打算用来给自己织一件毛衣。但这褪了色的色泽我不太中意，便又扔下了。今天实在是无所事事，所以将它取出来，慢慢吞吞地织了起来。织着织着，我发现这淡牡丹色的毛线与灰色的阴雨天空融为一体，形成一种难以形容的柔软、温和的色调。多么无知啊！衣着要考虑与天空的颜色协调，这么重要的事情我居然不知道。协调，多么精彩、美好的事情啊！——我有些吃惊，怅然若失。灰色的阴雨天空和淡牡丹色的毛线二者组合在一起，彼此都变得富有生气起来，真是不可思议。手里拿着的毛线忽然变得暖和起来，冰冷的天空也让人觉得像天鹅绒般柔软。这让我想起了莫奈画笔下的雾中的教堂。通过毛线的颜色，我第一次知道了什么是"品位"。出色的品位——母亲显然清楚地知道，冬日下雪的天空和这浅牡丹色会如何相得益彰，所以特意为我挑选的，而我却愚蠢地厌弃它。可是，母亲并没有强制当时还是个孩子的我必须接受，而是让我自由处置。二十年间，她从未开口说起这个颜色，默默地佯作不知，耐心地等待我真正明白这个颜色之美。我深深地知道，她是一位好母亲。然而，这般温柔的母亲，我跟直治两人却一直欺负她，为难她，让她变得虚弱，甚至可能马上离开人世。想到这里，一股难以忍受的恐惧与忧虑顿时袭上心头。左思右想，愈加觉得前途叵测，未来尽是些可怕的事、坏事，我陷入难以活下去的不安之中，指尖也没了力气。我把棒针放在膝上，长长地叹了一口气，扬起头，闭上眼睛，不由得叫了一声："妈妈。"

母亲正靠在客厅角落的桌子旁看书，她不解地应道："怎么了？"

我有些不知所措，于是更加大声地说："玫瑰终于开了，妈妈，您知道么？我才发现的。它总算开了。"

种在客厅檐廊前方的玫瑰是和田舅舅以前从很远的地方带回来的——忘记了是法国还是英国。两三个月前，舅舅把它移植到了这座山庄的院子里。我很清楚，今天早上，它终于开了一朵。但是，为了掩饰自己的羞涩，我故意装作刚刚才发现，大声嚷嚷着告诉母亲。花朵是浓紫色的，带着一种凛然的傲气与坚强。

"我知道。"母亲平静地说，"对你来说，这种事好像很重要啊。"

"或许吧。这很可怜么？"

"不，我只是说你身上有这种地方。又是在厨房的火柴盒上贴列那尔的画，又是给娃娃做手帕，你喜欢做这些事情。还有，院子里的玫瑰，听你那么说，就好像是一个活生生的人似的。"

"因为没有孩子嘛。"

连自己也意想不到的话，居然从嘴里冒了出来。说完心里一惊，只好尴尬地摆弄膝上的毛衣。

——你已经二十九岁了啊。

我仿佛清楚地听到一个男人这么说，那声音像是从电话中传来般低沉撩人。我羞臊得脸颊像是着了火似的。

母亲什么也没说，又开始看她的书。母亲最近开始戴纱布口罩，也许是因为这个缘故，她近来明显变得少言寡语。这个口罩，她是按照直治的建议戴上的。大概十天前，直治顶着一张黝黑的脸从南洋的岛屿回来了。

夏天的一个傍晚，事先也没有任何联络，直治从后面的木门走进院子里来。

"呵，太难看了！这房子一点品位都没有！索性贴张纸，写上：'来来轩，有烧卖'得了。"

这就是直治跟我第一次打照面时所说的话。

在这两三天前开始，母亲因为舌头不适卧床了。虽然舌尖看上去没有什么异常，但她说一动就疼得受不了，吃饭也只能喝一些稀粥。我问她要不要请医生看一看，她摇了摇头，苦笑着说："会给人笑话的。"

我给她涂了复方碘溶液，但似乎没有任何效果。这让我不由得有些焦躁。

就在这个时候，直治回来了。

直治坐在母亲枕边，说了声"我回来了"，行了个礼，便立刻站起身来，在狭小的房子里四处转悠。我跟在他身后，问："怎么样？你觉得妈妈变了么？"

"变了，变了！憔悴了许多。不如早点死了的好。如今这世道，妈妈那样的人根本活不下去。太惨了，看不下去了。"

"我呢？"

"变得粗鄙了，瞧你那张脸，像是有两三个男人似的。酒呢？今晚要喝个痛快！"

我去村子里唯一一家旅馆，跟老板娘阿哚说，弟弟从部队回来了，拜托她匀我一点酒。结果，阿哚说不巧酒都卖光了。我回家后这么告诉直治，他脸上露出了我从未见过的陌生人般的表情，说了一句："哼！你不会交涉，所以才会买不到。"接着，他跟我问了旅馆的地点，便趿上院子里穿的木屐，飞快地跑了出去。之后，我等了又等，却一直不见他回来。我做了直治喜欢吃的烤苹果，还用鸡蛋做了菜，给餐厅换了一个亮堂的电灯泡。等了许久，阿哚忽然从厨房门口探出脸来，那双鲤鱼眼一般圆溜溜的眼睛瞪得更大了，事关重大似的，压低了嗓门说："喂，喂，不要紧吧？他在我那边喝烧酒来着……"

"你说烧酒，是甲醇么？"

"不，倒不是甲醇……"

"喝了不会生病吧？"

"是的，不过……"

"那就让他喝吧。"

阿咲欲言又止，点了点头，回去了。

我走到母亲那里，说："听说在阿咲那里喝酒呐。"

母亲听完嘴角轻轻地撇了撇，笑着说："是么。看来鸦片应该是戒了吧。你先吃饭，今晚我们三个人一起在这屋里睡吧，把直治的被褥铺在中间。"

我心里有一种想哭的冲动。

夜深了，直治踩着沉重的脚步回来了。我们三个人睡在房间里，共用一顶蚊帐。

"你把南洋那边的事情说给妈妈听一听吧？"我躺着说。

"没什么可说的，都忘光了。到了日本，坐上火车，透过车窗看见了水田，真是美极了。就这些。把灯关掉吧，开着睡不着。"

我关了电灯。夏天的月光洪水一般泻满了整个蚊帐。

第二天早上，直治趴在被褥上，一边抽烟，一边眺望着远方的大海。

"听说您舌头疼？"

他的口气听上去好像刚刚才发现母亲身体不适似的。

母亲只是淡淡地一笑。

"这病准是心理作用引起的。夜里，您是张着嘴巴睡觉的吧，太难看了。戴个口罩吧。用利凡诺尔溶液浸一下纱布，把它塞在口罩里就行了。"

我听了忍不住笑了出来："这叫什么疗法？"

"叫美学疗法！"

"可是，妈妈肯定不喜欢戴口罩什么的。"

不只是口罩，眼罩也罢眼镜也罢，凡是要往脸上戴的，母亲都很讨厌。

"妈妈，您戴口罩么？"我问。

"戴。"母亲认真地低声答道。我不由得吃了一惊。似乎只要是直治说的，她都会相信、听从。

早饭后，我按照方才直治说的，用利凡诺尔溶液浸了一下纱布，做好口罩，给母亲送了过去。母亲默默地接过口罩，躺着把口罩的带子乖乖地挂在了两边耳朵上，那模样真像是个小女孩似的，我不禁悲从中来。

中午过后，直治说他必须去会一会东京的朋友、文学方面的老师等人，就换上西装，从母亲那里要了两千块钱，上东京去了。近十天过去了，他还没有回来。母亲每天都在戴着口罩等他。

"利凡诺尔真是好药啊。戴上这个口罩，舌头就不疼了。"母亲笑着说。

可我总觉得母亲在说谎。尽管她说已经不碍事了，也能下床了，但她依然没有什么食欲的样子，而且很少说话，这让我非常担心。直治到底在东京做些什么呢？肯定是跟那个小说家上原先生等人一起在东京四处游荡，被卷进东京疯狂的漩涡之中去了。我越想越觉得痛苦、难受，才会冷不丁告诉母亲玫瑰开花的事情，还信口说出"因为没有孩子"之类连自己也意想不到的话，真是越来越失控了。

我"啊！"的一声站起身来，可是又没有什么地方可去。不知该如何自处之余，我摇摇晃晃地上了楼梯，走进二楼的西式房间。

这里今后应该是直治的房间。四五天前，我跟母亲商量，请坡下的农户中井先生帮忙，把直治的西装衣橱、桌子、书箱，还有五六个装满了藏书、笔记本的木箱子，总之把以前西片町家里直治房间中的东西，全部都搬到了这里。想着还是等直治从东京回来后再把衣橱、书箱等放在他喜欢的位置，眼下暂且先杂乱地放在这里，所以几乎无处可以下脚。我从脚边的木箱子里随意取出一本直治的笔记本一看，发现封面上写着《夕颜日志》。本子里胡乱地写满了以下内容，好像是直治染上毒瘾饱受煎熬期间的手记。

被烈火焚烧至死般的感觉。如此痛苦，却一言半句也喊叫不得。这自古以来未曾有过的、自古以来前所未闻的、深不见底的地狱气息，不要掩饰！

思想？骗人的。主义？骗人的。理想？骗人的。秩序？骗人的。诚实？真理？纯真？全部都是骗人的。据说牛岛的紫藤树龄千年，熊野的紫藤树龄数百年，前者花穗最长九尺，后者五尺有余，我只为那花穗心动神驰。

那也是人之子，活生生的人之子。

道理，终究是对道理的爱。不是对活着的人的爱。

金钱和女人。道理觉得羞臊，仓促离去。

浮士德博士勇敢地证实了，比起历史、哲学、教育、宗教、法律、政治、经济、社会等学问，一个处女的微笑更为尊贵。

学问是虚荣的别名，是人试图变成非人的一种努力。


我甚至可以跟歌德发誓：我能做到妙笔生花。完美的结构、适度的滑稽、直击读者泪点的悲情，或者是让人读后肃然起敬、正襟危坐的完美的小说，假如朗朗读出，简直就是银幕解说词似的——这怎么好意思写得出来呢？那种杰作意识原本就有失大方。读了小说，正襟危坐，那是疯子所为。那样的话，不如索性穿上和服正装好了。越是优秀的作品，越应远离道貌岸然。为了看到朋友发自内心的笑容，我故意制造败笔，把一篇小说写得蹩脚，可以说是一屁股摔在地上，挠挠头落荒而逃。啊，那时朋友的笑脸，就别提了！

什么叫作文不成文、人不成人，且让我吹个玩具喇叭告诉你，日本头号傻瓜在此。你还算好的了，好好地活着吧！——这么祝愿的情谊，究竟是什么？

朋友洋洋自得地感慨："那是那家伙的坏毛病，真是可惜了！"他完全不知道别人对他的深情厚谊。

不是坏蛋的人，这世上有么？

无聊乏味的想法。

我想要钱。

不然的话，就让我在睡梦中自然死去吧！


欠了药店将近一千块钱。今天，我把当铺掌柜悄悄地带到家里，让他进我房间，告诉他，看看里面有没有值钱可当的东西，有的话就拿走，我急需用钱。掌柜也没正眼瞧上一瞧，便瞎说什么："算了吧，又不是你的东西。""好！那就把我以前用零花钱买下的东西统统拿去！"我神气十足地说。可惜我搜罗的那些破烂玩意儿，能典当的一件也没有。

首先，是一个单手石膏像。这是维纳斯的右手，大丽花似的右手，洁白无瑕，兀自立在台座上。可是，仔细端详一番就会发现：维纳斯被男人看到她全裸的身体时，惊惧不已，羞赧万分，却又无物可遮挡，她拼命地想用这只手去保护她微微泛红、一览无余、火热发烫的躯体。她那几乎令人窒息的裸身之羞，通过这只指尖不见一个指纹、掌中不见一个手纹的雪白娇小的右手，哀婉动人地表达了出来，让我们不由得为之心痛不已。然而，这终究是不实用的破烂，掌柜定价为五毛钱。

此外，还有巴黎近郊的大地图、直径将近一尺的赛璐珞陀螺、能写出比丝线还细的字的特制笔尖，当初都是被视作珍品买下的。掌柜却笑了笑，表示就此告辞。我拦住他，最后让掌柜背走了一大堆书，换来了五块钱。我书架上的书几乎都是廉价的文库本，而且是从旧书店买来的，所以能典当的价钱自然也就这么点了。

想要解决一千块的欠款，却只筹到了五块钱。我在这世上的实力大抵也就如此了。这可不是什么笑话。


颓废？可是，如果不这样，就活不下去了。比起说这种话来责难我的人，那些对我说"去死吧！"的人更难得。这样更加爽快。不过，很少有人直接说"去死吧！"，那些精打细算、步步为营的伪善者！

正义？所谓阶级斗争的本质，并不在那里。人道？开什么玩笑！我清楚得很，就是为了自己的幸福，打倒对方，杀死对方。倘若这不是在宣告"去死吧！"，那又是什么呢？休要糊弄！

然而，我们的阶级里也没什么像样的家伙。白痴、幽灵、守财奴、疯狗、好吹牛的、装腔作势的、目中无人的。

就连"去死吧！"，都不值得跟他们说。

战争。日本的战争就是一场破罐破摔。

我不想被卷入破罐破摔的战争中死去。宁可自己一个人死去。

人在说谎时，一定会装作一本正经的样子。瞧瞧最近那些领导人一本正经的样子吧，噗！

想跟那些不求别人尊敬的人一起玩。

可是，那样的好人却不愿意带我一起玩。

我假装早熟，人们就说我早熟。我假装懒惰，人们就说我懒惰。我假装不会写小说，人们就说我不会写小说。我假装是个骗子，人们就说我是个骗子。我假装是个有钱人，人们就说我是个有钱人。我假装冷漠，人们就说我是个冷漠的家伙。可是，当我真的痛苦万分，忍不住发出呻吟时，人们却说我是假装痛苦、无病呻吟。

总是两两龃龉。

最终，除了自杀就别无他法了，不是么？

一想到如此百般痛苦却只能以自杀了结，不由得放声大哭。

据说，春天的清晨，阳光照在花儿绽放了两三朵的梅树枝头。有个海德堡的年轻学生，纤纤弱弱，吊死在了那枝头上。

"妈妈，您骂骂我吧！"

"怎么骂？"

"骂我是懦夫！"

"是么？懦夫……这样可以了么？"

妈妈的好，无与伦比。一想到妈妈，我就想哭。即使是为了向妈妈道歉，我也得死。

请原谅我吧！请原谅我这一次吧！

盲眼小雏鹤，失明中成长。一年复一年，长大亦可怜。(元旦试作)

吗啡、阿托洛摩尔、奈尔克朋、鸦片全碱、帕比那尔、潘欧品、阿托品。①

所谓自尊是什么？自尊是？

人，不，男人如果不自认为"我比别人优秀""我
身上有优点"，就活不下去么？

讨厌别人，也被别人讨厌。

斗智。

严肃＝傻里傻气

总之，只要活着，肯定在干一些骗人的勾当。

一封跟人借钱的信。

请回信！

请给我回信！

而且，希望那一定是个好消息。

我设想了种种屈辱，独自呻吟。

我不是在演戏，绝对不是。

求您了！

我羞愧得快要死了。

---

① 均为镇痛、镇静、麻醉类药品或毒品。

这不是夸张。

每一天、每一天，我都在等候您的回信。日日夜夜，我都在颤栗发抖。

请不要让我咀嚼砂砾。

墙壁那边传来了窃笑声，夜深时分，我在床上辗转难眠。

别让我遭受屈辱。

姐姐！


读到这里，我合上了那本《夕颜日志》，把它放回木箱子里。然后，我走到窗边，把窗户全部打开，俯视着白蒙蒙的烟雨笼罩中的院子。

自那以后已经过去六年了。直治的毒瘾是我离婚的原因——不，不能这么说。即使没有直治染上毒瘾这件事，我迟早也会因为别的什么原因离婚。我觉得这似乎是从我出生那一刻开始就注定了的事情。直治支付不了药店的钱，就常常跟我要钱。我刚刚嫁到山木家，不可能随心所欲地花钱。再说，把婆家的钱偷偷拿去接济娘家弟弟也很不妥当。于是，我和从娘家陪嫁过来的阿关婆婆商量之后，变卖了我的手镯、项链、衣服。弟弟给我寄来一封信向我要钱，信上说："我现在既痛苦又羞愧，实在没脸见姐姐，甚至连电话都不敢打。姐姐把钱交给阿关，让她送到住在京桥×町×丁目茅野公寓的小说家上原二郎先生那里。姐姐应该也知道他的名字。社会上都说上原先生是个道德败坏的人，但他绝不是那种人，所以可以放心地把钱送到他那里去。上原先生会立刻打电话通知我的，请一定照我说的去做。我这次吸毒的事情，无论如何不想让妈妈知道。我打算趁着她还不知道，想办法把毒瘾戒掉。这次我一收到姐姐的钱，马上就去药店把债全部还清，然后去盐原别墅，等恢复健康之后再回来。我是说真的。欠药店的债全部还清之后，从当天开始，我就再也不碰毒品了！我向神灵发誓，请一定要相信我。一定不要告诉妈妈，让阿关把钱送到茅野公寓的上原先生那里，拜托了！"我按照他信中吩咐的，让阿关偷偷地把钱送到上原先生的公寓去了。然而，弟弟在信中发下的誓全是谎言，他没有去盐原的别墅，毒瘾反而越来越严重。他写来要钱的信，语气痛苦得近乎悲鸣，总是发誓这次一定会戒掉，哀切得令人不忍卒读。尽管知道这或许又是谎言，我还是让阿关卖掉了胸针等饰品，把钱送到上原先生的公寓。

"上原先生是个什么样的人？"

"个子小小的，脸色不好看，对人爱答不理的。"阿关回答道。

"不过，他很少待在公寓里。基本上只有他太太跟一个六七岁的女儿在家。这位太太人长得不怎么漂亮，但很和气，感觉是个做事周到的人。如果是这位太太，钱尽可以放心地交给她。"

当时的我跟如今比起来，不，应该说完全没有可比性，简直完全是另一个人，糊里糊涂、十指不沾阳春水。尽管如此，弟弟接二连三地来要钱，且金额越来越大，我不由得开始担心起来。一天，去看完能乐①后，回家路上，到了银座我让车子先回去，一个人步行去京桥拜访茅野公寓。

上原先生正一个人在房间里看报纸。他身上穿着条纹夹衣，外面罩一件藏青地碎白花纹的短褂，看上去既像是个老人，又像是个年轻人，又像是从未见过的奇兽——他给我的第一印象十分古怪。

"我老婆现在……跟孩子一起……去领配给品了。"

他带着点鼻音，断断续续地说道，似乎把我误当成妻子的朋友了。我说自己是直治的姐姐，上原先生听了之后，"哼"地笑了一声。不知为什么，我突然打了个寒战。

"出去走走吧。"

说着，他已经披上了和服外套，从木屐箱子里取出一双新木屐穿上，在前头快步沿着公寓走廊往外走。

初冬的黄昏，外面寒风凛冽。那风感觉像是从隅田川吹过来的。上原先生微耸着右肩，顶着寒风，默默地朝筑地方向走去。我小跑着紧跟在他后面。

---

① 日本一种具有悠久历史文化的舞台艺术形式。

我们进了东京剧场背后一栋大楼的地下室。二十张榻榻米大小的狭长房间里，四五组客人对坐在桌子两旁，静静地喝着酒。

上原先生用玻璃杯喝酒，并且为我要了一个玻璃杯，让我也喝一点。我用那个杯子喝了两杯，什么感觉也没有。

上原先生喝着酒，抽着烟，一直沉默不语。我也没有说话。虽然我平生第一次到这种地方来，却十分镇定，心情愉快。

"要是喝酒就好了……"

"啊？"

"不，说的是你弟弟。他要是改为喝酒就好了。我以前也有过毒瘾，人们都害怕这个。其实酒精也一样，但人们对它却出乎意料地宽容。我们把你弟弟改造成酒鬼好了，可以吧？"

"我以前见过一次酒鬼的。新年的时候，我正准备出门，我们家司机的一个熟人坐在汽车的副驾驶座上睡着了，一张脸红得像恶鬼似的，呼噜呼噜地打着鼾。我吓得叫出声来，司机说这人是个酒鬼，拿他没办法。说着，把他从车上拉下来，扛在肩上，不知道送到什么地方去了。那人像是没有骨头似的，瘫在那里，嘴里还嘟嘟囔囔地说着些什么。那是我第一次见到酒鬼，还挺有意思的。"

"我也是个酒鬼。"

"是么，可是，您不一样吧？"

"你也是个酒鬼。"

"没那回事。我见过酒鬼的，完全不一样。"

上原先生第一次快活地笑了，他说："这么说来，你弟弟或许也成不了酒鬼。不管怎样，最好让他变成爱喝酒的人吧。我们走吧。太晚的话，你不方便吧？"

"不，没关系的。"

"说实话，是我这边手头紧，不能再喝了。服务员，结账！"

"是不是很贵啊？我倒是带了一点钱……"

"是么，那就你来付账吧。"

"也许不够。"

我看了看手提包里面，告诉上原先生有多少钱。

"有这些钱，还可以再喝上两三家。你把我当傻子呐。"

上原先生皱着眉头说，随后又笑了。

"您还要再去哪里喝酒么？"我问。

他正儿八经地摇了摇头，说："不，已经喝够了。我帮你拦一辆出租车，你回去吧。"

我们沿着地下室阴暗的楼梯拾级而上。爬到大约一半时，走在我前面的上原先生突然转过身来，迅速地亲了我一下。我双唇紧闭，接受了他的吻。

尽管我并没有喜欢上上原先生，但从那一刻起，我心里就有了那个"秘密"。上原先生啪嗒啪嗒跑着上了楼梯，我怀着一种不可思议的澄澈的心情，慢慢地往上走。到了外面，河风吹在脸颊上，十分惬意。

上原先生帮我拦了一辆出租车，我们默默地分开了。

坐在车里，随着车子的晃动，我觉得人世间一下子变得像大海般宽阔了。

"其实我有一个恋人。"

有一天被丈夫责骂后，我伤心之余忽然说出了这么一句话。

"我知道。是细田吧？你无论如何也死不了心么？"

我默不作声。

每次我们夫妇之间发生什么不愉快时，这个问题总会被扯出来。我想，我们已经过不下去了。就像做衣服时裁错了布料，已经无法再将它缝合，只能全部扔掉，再选一块新的布料重新裁剪。

"你肚子里的孩子，不会是他的吧？"

一天夜里，当丈夫跟我这么说时，我不禁毛骨悚然，浑身发抖。如今想来，当时我和丈夫都太年轻了。我不知道什么是恋爱，甚至不懂得什么是爱。我痴迷于细田先生的画作，不管在谁面前都说："如果能成为细田先生的太太，每天的生活将会多么美好啊！如果不是跟他那样情趣高雅的人结婚，结婚一点意义也没有。"结果导致了大家的误会。尽管如此，我依然在既不懂恋爱也不懂爱的情况下，满不在乎地公开表示自己喜欢细田先生，也无意收回这些话。于是事情变得愈加复杂，连我肚子里的小宝宝都成了丈夫怀疑的对象。虽然没有人公开提出离婚之类的，但不知不觉中，周围的人都对我冷眼相看。于是，我和陪嫁的阿关一起回到娘家。后来，我生下死胎，卧床不起，跟山木的关系也就此断绝了。

对于我离婚一事，直治可能觉得自己负有责任，嚷嚷着"我要去死！"，哇哇大哭，直哭得天昏地暗。我问弟弟药店那边欠了多少钱，结果金额高得吓人。后面才知道，弟弟不敢说出实际的金额，说的是假话，欠款的真实金额大概是弟弟当时告诉我的三倍。

"我见过上原先生了，他是个好人。以后就跟上原先生一起喝喝酒，玩一玩吧？酒的话，不是非常便宜么？如果是酒钱，我随时都可以给你。欠药店的钱，你也不要担心，总会有办法解决的。"

我说自己跟上原先生见过面，还称赞他是个好人，这似乎让弟弟非常高兴。那天晚上，他从我这边要了些钱，早早出发去上原先生那边玩了。

毒瘾或许正是一种精神疾病。我夸奖上原先生，从弟弟那边借来他写的书看，说他真是了不起。弟弟听了之后，说："姐姐懂得什么呀！"不过，他仍然乐不可支地又给我拿了上原先生别的作品，说："你读一读这本吧！"一来二去，我也开始认真地读起上原先生的小说，姐弟俩经常一起谈论上原先生。弟弟几乎每天晚上都大摇大摆地去上原先生那里玩。渐渐地，好像正如上原先生计划好的那样，他的注意力转移到酒上面去了。至于欠药店的钱，我偷偷找母亲商量。母亲一只手捂着脸，一动不动地愣了一会儿。然后，她抬起头来，凄凉地笑着说："再怎么想也没有用啊。不知道要花上几年，每个月一点点地还吧。"

从那以后，六年过去了。

夕颜。啊，想必弟弟也是受尽煎熬吧。而且，前途无路，该何去何从，他至今依然毫无头绪，只能每天拼命地沉溺于酒精之中。索性横下心来变成一个彻头彻尾的坏蛋，不知道会怎样？那么一来，弟弟也许反倒轻松一些。

"不是坏蛋的人，这世上有么？"——那本笔记本里有这么一句话。照这么说的话，我也是坏蛋，舅舅也是坏蛋，甚至连母亲，也会让人觉得她似乎是个坏蛋。所谓的坏蛋，指的难道不就是善良的人么？

# 四

要不要写信呢？该如何是好？我十分迷茫。然而，今天早上，我突然想到了耶稣的一句话：像鸽子一般驯良，像蛇一般聪慧[①]。于是奇妙地来了精神，决定给您写一封信。我是直治的姐姐，您或许已经忘了吧。如果忘了的话，还请您想起来。

直治最近又上门打扰，想必给您增添了许多麻烦，非常抱歉（不过，其实我也知道，直治的事是他自己所为，我出面道歉，似乎有些荒谬）。今天不是为了直治的事，而是为了我自己的事有求于您。听直治说，您在京桥的公寓受灾之后，搬到了现在的住处。我很想直接上东京郊外的府上拜访，可是母亲最近身体欠佳，实在没有办法丢下她去东京，只好跟您写信。

我有一件事想跟您商量。

我要商量的事情，如果从以往的《女大学》[②]的立场来看，或许非常狡猾，非常肮脏，甚至是一种恶劣的犯罪行为，但是我——不，我们照目前的样子，是活不下去的。在这世上，弟弟直治最尊敬的人是您。我想请您听一听我内心真实的想法，并给予指导。

现在的生活让我难以忍受。这不是喜欢不喜欢的问题，而是说以眼下的情况，我们母子三人是很难活下去的。

昨天，我也是痛苦得浑身发烫，呼吸困难，不知道该拿自己怎么办才好。刚刚过午不久，坡下农户家的女儿冒着雨背来了大米。我按照约定，把之前说好的衣服给了她。姑娘和我面对面坐在饭厅里，她一边喝茶，一边用非常现实的语气问道："你靠变卖东西生活，今后还能维持多久啊？"

"半年或者一年吧。"我回答，然后用右手捂住半边脸，说："好困啊，困得不得了。"

"你太劳累了，是那种会犯困的神经衰弱吧。"

"也许是吧。"

我眼泪差一点就要落下来，现实主义和浪漫主义这两个字眼忽然浮上心头。对我来说，现实主义是不存在

---

① 《圣经》中原文为"所以你们要灵巧像蛇，驯良像鸽子"，参照自《圣经》第10章第16节（中国基督教三自爱国运动委员会、中国基督教协会出版发行）。

② 日本江户时代中后期，女子修身养德的必读书之一，相传可能为贝原益轩（1630—1714）所著。

的。照此下去，是否还能活得下去，一想到这里就不由得浑身发冷。母亲是半个病人，时卧时起。弟弟则如您所知，有着严重的心理疾病。在这边，他为了喝酒，天天泡在附近一家兼营旅店的餐馆里。每隔三天，他就要带上我们卖衣服得来的钱跑去东京玩。不过，令我感到痛苦的并不是这些事。我只是切切实实地预感到，自己的生命在这样的日常生活中，将会无可奈何地日渐衰败，就像芭蕉叶虽未凋落却一天天地腐烂下去一般。这让我万分恐惧，难以承受。因此，即使违背《女大学》的道德规范，我也要逃离现在的生活。

所以，我来找您商量。

我现在想明确地跟母亲和弟弟宣布一件事，明确地告诉他们，我很早以前就爱上了一个人，将来打算作为他的情人生活下去。那个人，您应该也知道。他的名字的首字母是 M. C。很久以来，每当我遇到什么痛苦的事情，就想飞奔到 M. C 的身边去，对他思念成疾。

M. C 和您一样，已经有了妻子和孩子。此外，好像还有比我更漂亮、更年轻的女朋友。然而，我觉得除了去 M. C 那里之外，自己已经无路可走了。我虽然还没有见过 M. C 的太太，但听说她是一个非常温柔、善良的女人。一想到那位太太，我便觉得自己是个可怕的女人。可是，我觉得现在的生活似乎比这个更加可怕，所以不得不选择依赖 M. C。像鸽子一般驯良，像蛇一般聪慧——我想实现我的恋爱。不过，母亲也好，弟弟也好，还有世人，估计没有一个会赞成我的做法吧。不知道您觉得如何？我只能一个人思考，一个人行动，别无他法。想到这里，不由得潸然泪下。我生平第一次遇到这样的情况。这件困难的事情难道就没有什么办法可以得到周围人的祝福了么？仿佛在思考一道难解的代数因式分解题似的，有时觉得也许在某处可以找到一个让问题迎刃而解的线索，于是精神突然振奋起来。

可是，关键人物 M. C 是怎么看我的呢？一想到这，我就十分沮丧。可以说，我是送上门的……怎么说呢？不能说是送上门的老婆，也许应该说是送上门的情人吧。说白了就是这么回事。假如 M. C 表示死活不同意，那这事情就到此为止。所以，拜托您，请您帮我问一问他。六年前的某一天，一道淡淡的彩虹挂在了我的心上，虽然当时既不是恋情也不是爱情，但随着岁月流逝，那道彩虹的色彩愈加鲜艳。直到今天，我从未将它遗失过。骤雨过后，挂在晴空中的彩虹很快就会消失不见，然而心中的彩虹却一直都在。请您帮我问问他，究竟是怎么看待我的？是像雨后天空中的彩虹那样么，早已不见踪影了？

如果是那样的话，我也必须把自己心中的那道彩虹抹去。可是，在我的生命结束之前，心中的彩虹是不可能消失的。

期盼您的回信。

上原二郎先生（我的契诃夫[①]。My Chekhov。M. C）。

我最近慢慢地胖了起来。我觉得与其说是变得越来越像一个动物性的女人，不如说是越来越像个人了。这个夏天，我只读了一本劳伦斯[②]的小说。


因为没有收到您的回信，所以我再次给您写信。上次给您的信，充满了十分狡诈的、如蛇一般的奸计，您可能已经一一看穿了吧。我在那封信的每一行里，真的是极尽狡黠之能事。您可能认为我只是希望在生活上得到您的资助，不过是出于想要钱的意图，所以才给您写信的。虽然我也不否认这一点，但如果仅仅是想找一个靠山，非常抱歉，我不必特地选择您。我想有许多有钱的老头子喜欢我。实际上，前不久就有一桩奇妙的提亲的事情。那位先生的名字或许您也知道。他是个年过六十的单身老人，据说是艺术院的会员什么的大师级别的人物，特意来山庄这边跟我提亲。这位艺术大师住在我

---

① 安东·巴普洛维奇·契诃夫（1860—1904），俄国作家、剧作家，代表作品有《变色龙》《套中人》《樱桃园》等。

② 戴维·赫伯特·劳伦斯（1885—1930），英国小说家、诗人，代表作品有《虹》《恋爱中的女人》《查泰莱夫人的情人》等。

们西片町的家附近，因为属于同一个邻组①，所以偶尔也会遇到。有一次，记得是一个秋天的傍晚，我和母亲坐车经过那位大师家门口时，看见他一个人茫然地伫立在大门旁边。母亲透过车窗跟他微微地点头致意。只见大师那张总是紧绷着的铁青的脸，一下子变得比枫叶还红。

"是恋爱么？"我打趣道，"妈妈，他喜欢您吧。"

母亲十分平静，自言自语般说："哪里，人家是一个了不起的人物。"尊敬艺术家，似乎是我们家的家风。

那位大师的妻子前几年过世了，他通过一位跟和田舅舅同为谣曲票友的皇族跟母亲提亲。母亲对我说："和子，你直接给大师一个答复吧？心里怎么想就怎么说。"于是，我没有多想，心里也不乐意，便随手飞快地写了回信，告诉他眼下自己没有结婚的想法。

"我拒绝他也没关系吧？"

"那是当然……我也觉得这事不太合适。"

那段时间，大师住在轻井泽的别墅，我把拒绝他的回信寄到别墅去了。第二天，大师突然亲自来到了山

---

① 二战期间，日本政府为了便于控制人民而建立的一种地区基层组织，约十户为一组，主要负责物资配给、防空演习等。战后废止。

庄，说是去伊豆温泉办事的途中顺路前来拜访——他跟那封信错开了，完全不知道我的回复。艺术家这种人，真是不管到了几岁，做起事来都是这么孩子气啊。

母亲身体不舒服，所以我来接待他。我在中式客厅里给他端上茶，说："回绝求婚的信，这会儿应该已经送到轻井泽了。我仔细考虑过了……"

"是么。"大师语气有些慌张地应道。他擦了擦汗水，接着又说："不过，还是请你再好好考虑一下这桩婚事。我呢，不知道该怎么说好，我可能没法给你精神上的幸福，但另一方面，我能在物质上给你所有的幸福。这一点，我绝对可以保证。嗳，直白地说，就是这样……"

"您所说的幸福，我不太明白。我说的可能有些不知天高地厚，还请您见谅。契诃夫在给妻子的信中，写了这样一句话：'为我生个孩子吧，生个我们俩的孩子。'另外，好像是尼采吧？在他的随笔中，也出现过'想让她为自己生孩子的女人'的语句。我想要有个孩子。至于幸福之类的，那种东西怎样都无所谓。我也需要钱，但只要有养育孩子的钱，那就足够了。"

大师奇怪地笑着说："你真是一个少见的人呐。不管对谁，都是怎么想，就怎么说。跟你待在一起，说不定会给我的工作带来新的灵感。"

这话跟他的年龄不相符,有些装腔作势的味道。我也想过,假如我真的能够让这么了不起的艺术家在创作上重返青春,那无疑将是一件很有意义的事情。但是,我实在无法想象自己被那个大师抱在怀里的情景。

"即使我对您毫无爱意,也没有关系么?"我微笑着问。

大师认真地答道:"女人这样没关系的。女人嘛,不用想得太清楚,这样挺好的。"

"可是,像我这样的女人,如果没有爱,还是无法考虑结婚的。我已经是个大人了,明年就三十岁了。"

说完,我不禁想要捂住自己的嘴巴。

三十岁。女人在二十九岁之前,身上都还留着少女的气息。但是,三十岁的女人身上已经再也找不到一丝少女的气息——我突然想起了以前读过的一本法国小说中的这段话,一种无可奈何的落寞袭上心头。我看了看外面,只见正午阳光沐浴下的大海像玻璃碎片似的发出刺眼的光芒。读那本小说时,我只是简单地觉得应该没错,也没有多想。女人的生活在三十岁时宣告终结——能够满不在乎地那么想的岁月真是令人怀念。随着手镯、项链、衣裳、腰带一件件从我身上消失,我身上的少女气息也越来越淡薄了吧。贫穷的中年女人。啊!讨厌!不过,中年女人的生活中,依然还是有女人生活的气息吧。最近，我渐渐明白了这一点。记得英国女教师在回国时，曾对十九岁的我这样说过："你不要谈恋爱。你如果谈恋爱了，会变得不幸的。想谈恋爱的话，最好等你年纪更大一些再说。三十岁后，再谈恋爱。"

可是，当时听她说了这么一席话，我一片茫然。三十岁之后的事情，对于那时的我而言，根本无从想象。

"听说这栋别墅打算卖掉？"

大师忽然问道，脸上一副不怀好意的表情。

我忍不住笑了。

"不好意思，我想起了《樱桃园》①。您会买下它吧？"

到底是大师，他似乎敏感地觉察到了什么，愠怒地撇着嘴巴不作声。

事实上，确实有个皇族想出五十万元新日币将这栋别墅买下当宅邸，但后来没有了下文，大师可能听说了这个传闻。不过，他似乎受不了我们把他当作《樱桃园》里的罗巴辛，看上去十分不悦的样子，聊了几句家常就告辞回去了。

我现在有求于您的，并不是让您变成罗巴辛。这一点，我可以明确地告诉您。我只是请您接受一个送上门

---

① 契诃夫晚年的代表剧作，讲述了出身于俄罗斯贵族家庭的加耶夫、朗涅夫斯卡娅兄妹迫于生计，不得不将祖传的樱桃园卖给新兴资本家罗巴辛的故事。

的中年女人。

我第一次跟您见面，差不多已经是六年前的事情了。那时候，我对您这个人一无所知。只知道您是弟弟的老师，而且是个有点坏的老师。后来，我们一起用玻璃杯喝酒。之后，您还跟我开了个轻佻的小玩笑。不过，我并没有在意，只是觉得异样地轻松。当时，我对您既不是喜欢，也谈不上讨厌，没有什么感觉。后来，为了讨好弟弟，我跟他借了您的书来读，有时觉得有趣，有时索然无味，应该算不上是一个热心读者。可是，六年来，不知道从何时开始，您的一切就像雾似的，深深地渗透进了我的心里。那天晚上，我们在地下室的楼梯上发生的事情，突然栩栩如生地浮现在我的脑海里。我有一种感觉，似乎那是一件决定我命运的重大事情。我思念着您，一想到这或许就是恋爱，便觉得心中忐忑、茫然无助，一个人低声哭泣。您和其他男人完全不一样。我并不是像《海鸥》里的妮娜那样爱上一个作家。我对小说家之类的人并不向往。您如果把我看成一个文学少女，那我也会不知所措。我想生一个您的孩子。

如果时光回到更早以前，您还是单身一人，我也尚未嫁给山木，那时我们相遇结婚了，或许我就不用像现在这样痛苦了。我已经放弃了跟您结婚的念头。赶走您的太太之类，是一种卑鄙的暴力行径，我讨厌这样的做法。即使当您的妾（我万分不愿意说出这个字眼，但哪怕说成情人，跟通俗意义上的妾也并没有什么两样，所以索性就说得直白一点吧）我也不在乎。不过，世间妾室的日子似乎都不怎么好过。听人说，妾一旦失去了利用价值，常常会被无情地抛弃。据说，不管什么样的男人，快到六十岁时，都会回到正妻身边去。我曾经听到西片町的老男仆和奶娘聊天时说过："妾是万万当不得的。"不过那是世间一般意义上的妾，我们的情况应该有所不同。我想对您而言，最重要的事情是您的工作。如果您喜欢我的话，两个人琴瑟和谐，对您的工作应该也是一件好事。这么一来，您的太太也会接受我们的关系。这听起来似乎有些强词夺理的味道，但我认为我的想法并没有什么不对。

问题的关键全在于您的回复。您究竟是喜欢我，还是不喜欢我，还是没有任何感觉？我很害怕您的回复，但必须问个清楚。上回那封信里，我写了"送上门的情人"，在这封信里，我又写了"送上门的中年女人"等等。细想起来，假如没有您的回复，我即便想送上门也无从着手，只能独自茫然、憔悴下去。无论如何，还是期待您的一句回复。

现在忽然想到一件事，您在小说中写了相当大胆的恋爱冒险故事，世人也都把您说成是相当恶劣的恶棍，但其实您是一个重视常识的人，而我不明白常识是什么。只要能做自己喜欢的事情，那便是幸福的生活。我想要生个您的孩子。别人的孩子，不管发生什么事情，我都不想生。所以，我来跟您商量。如果您理解我的心情，请给我回信，把您的想法明确地告诉我。

雨停了，风吹了起来。现在是下午三点。接下去，我要去领配给的一级酒（六合①）。我把两个朗姆酒的酒瓶装进袋子，把这封信塞进胸前的口袋，再过十分钟，就出发去坡下的村子里。这些酒，我不打算给弟弟喝，我自己喝，每天晚上用玻璃杯喝一杯。日本酒其实应该用玻璃杯喝，对吧？

您要不要来这里？

M. C 先生

今天又下雨了，下的是几乎看不清的毛毛细雨。我每天都足不出户，等待您的回信，可是直到今天，依然杳无音信。您到底在想些什么呢？是上次我不该在信中说起那位大师的事情么？莫非您觉得我写提亲的事情是为了激起您的好胜心？可是，那件事已经画上句号了。

---

① 日本的计量单位，1 合约为180毫升。

方才我还跟母亲聊起这件事，两个人都笑了。前一阵子，母亲说她舌尖痛，在直治的建议下采取了美学疗法，现在不痛了，最近精神好一些了。

刚才我站在檐廊上，一边眺望着被风吹得打着卷儿飘的雾雨，一边思考着您的心情。

"牛奶热好了，快过来！"母亲在餐厅那边喊我，"天气冷，所以我把牛奶煮得滚烫。"

我们在餐厅里一边喝着热气腾腾的牛奶，一边说起了前几天那位大师的事情。

"那位先生跟我完全不般配吧？"

"是不般配。"

母亲不以为然地说。

"我这么任性，而且我也不讨厌艺术家，何况他的收入好像还挺高的，要是跟他结婚的话，应该挺不错的。可我就是不乐意。"

母亲笑着说："和子，你也真是的。你那么不乐意，上回跟那位先生还那么慢慢悠悠地聊得那么开心。我真弄不明白你是怎么想的。"

"因为很有意思嘛！我还想跟他说得更久一些呐！我不够端庄，是吧？"

"哪里，你是黏黏糊糊的，和子是个小黏糊！"

母亲今天精神非常好。

她看着我昨天第一次高高盘起的头发，说："高高盘起的发型适合那些头发少的人。你梳这个太夸张了，就像戴着一顶小金冠似的，不合适。"

"真叫人失望！妈妈您不是说过和子的脖子长得又白又好看，最好不要遮住么？"

"你就记得这些事了。"

"哪怕只是小小地夸我一句，我也一辈子忘不了。一直记着，心里才开心呐！"

"上回那位先生也夸你什么了吧？"

"对啊！所以才对他那么黏糊的。他说跟我在一起就会有灵感……哎呀，受不了了！我虽然不讨厌艺术家，但是像他那样装出一副很高尚的样子的人，我实在是受不了。"

"直治的老师，是个什么样的人？"

我打了一个寒战。

"不太了解。不过，毕竟是直治的老师嘛，好像是个声名狼藉的坏蛋。"

"声名狼藉？"

母亲流露出愉快的眼神，低声说："真是个有意思的说法。声名狼藉，反而更加安全，不是么？就像脖子上挂着铃铛的小猫那么可爱。默默无闻的坏蛋才可怕呐。"

"是么。"

我开心得不得了，感觉身体仿佛化成一缕轻烟飞向了天空似的。您明白么？我为什么会如此开心？如果不明白的话……我可要揍您了！

真的，您不来我们这里走一走么？如果我让直治带您来这里，总觉得有些不自然、不正常，不如您自己假装乘着酒兴临时起意过来这里，然后让直治去接您也行。不过，您最好一个人来，而且要趁直治去东京不在家里的时候来。如果直治在家，您会被他抢走，你俩肯定会一起上阿咲那里去喝酒，一去不复返了。我们家祖上好像世世代代都喜欢艺术家。据说画家光琳①曾经长期住在我们京都的家里，在纸拉门上画了非常精美的画作。所以，您来我们家，母亲一定会很高兴的。您大概会被安排在二楼的西式房间歇息，请别忘记关灯。我会一只手拿着蜡烛，沿着黑暗的楼梯往上走。这么做，不行？太快了一点吧。

我喜欢坏蛋，而且是声名狼藉的坏蛋。不仅如此，我还想成为声名狼藉的坏蛋。我觉得除此之外，似乎没有别的活法了。您应该是日本最声名狼藉的坏蛋了吧。最近好像又有许多人非常憎恨您、攻击您，说您龌龊、

---

① 尾形光琳（1658—1716），日本江户中期著名的画家、工艺美术家。

卑劣什么的，可我从弟弟那边听说了之后，反倒更加喜欢您了。像您这样的人肯定有许多情人。不过，早晚您就会只喜欢我一个人的。不知道为什么，我总有这样的感觉。而且，如果您和我一起生活的话，每天都能够愉快地工作。从小，很多人都对我说过："跟你在一起，就不觉得辛苦了。"直到今天，我都没有被人讨厌过。大家都说我是个好孩子。因此，我想您也绝对不会讨厌我的。

只要能见上一面就行。现在已经不需要回信什么的了。我想见到您。我到东京您家里去，可能是最简单的见面的办法，但母亲现在是半个病人，我是她的随身护士兼女佣，所以实在做不到。拜托您了！请您来这边一趟，跟我见上一面吧！见了面，一切您就都明白了。请您看一看我嘴角两边隐隐出现的皱纹——这些承载了世纪之悲的皱纹。我的脸将比我的任何语言都更加清楚地把我心中的情思告诉您。

在第一封信里我曾经提到，我的心中挂着一道彩虹。可是，那道彩虹并不像萤火虫的亮光或星光那般高雅美丽。倘若是那种淡然遥远的情思，我就不会这般痛苦，或许就能够渐渐将您遗忘。我心中的彩虹是一座熊熊燃烧的桥，让我受尽煎熬。即便是毒品上瘾者在断货时渴求毒品的感受，也不至于这般痛苦吧。虽然我一直认为这没有错，不是邪念，但有时也会突然觉得自己是不是在做一件特别愚蠢的事情，冷不丁打个寒战。我时常反省自己是不是发疯了，这种心情也非常强烈。不过，我也在冷静地计划着。真的，请您到这儿来一趟吧！不管什么时间都可以。我哪儿也不去，一直在这里等着您。请您相信我。

再见一次面，到那时，您要是不愿意，请明明白白地告诉我。我心中的火焰是您点燃的，所以也请您来熄灭。靠我自己一个人的力量是难以做到的。总之，见上一面，见了面，我就得救了。倘若是在《万叶集》或者《源氏物语》的年代，我所说的一切没有什么大不了的。我的愿望是成为您的爱妾，做您孩子的母亲。

假如有人嘲笑这样的信，那他就是在嘲笑女人为了活下去而作的努力，嘲笑女人的生命。我无法忍受港湾中令人窒息的浑浊空气，即使外面有暴风雨，我也要扬帆起航。降下的帆无一例外都是肮脏的。那些嘲笑我的人，肯定都是降下的帆，他们一无所成。

真是个令人头疼的女人。然而，在这个问题上，最痛苦的是我。关于这个问题，没有感受到任何痛苦的旁观者一边松松垮垮地奔拉着他们的帆，一边对这个问题指手画脚，真是荒唐。我不接受那些随口用什么思想来评价我的说法。我没有思想。我从未基于思想或哲学而付诸行动过。

我知道，在社会上得到好评、受到尊敬的那些人都是些骗子、伪君子。我不相信社会。只有声名狼藉的坏蛋才是我的同道。声名狼藉的坏蛋——我即使被钉在这个十字架上死去也可以。哪怕被万人责难，我也可以这样反驳："你们难道不是默默无闻却更加危险的坏蛋么？"

您明白我的意思么？

恋爱是没有理由的。大道理似的话我有点说得太多了。我觉得好像不过是在学弟弟说话罢了。我只是一心等着您的到来，希望能再跟您见上一面。仅此而已。

等待。啊！人的生活中虽然有喜怒哀乐各种情感，但这只不过占据了人的生活的百分之一而已。剩下的百分之九十九不都是在等待中度过的么？我望眼欲穿地期盼着幸福的脚步声从走廊那边传来，却一再落空。啊！人的生活，真是太悲惨了。现实是人人都觉得不如当初从未出生。每天从早到晚，虚幻地等待着什么，这过于悲惨。来到这人世间真好——啊！我想试着为生命、为人、为人世间感到欣喜。

能推开挡住去路的道德么？

M. C（这不是"My Chekhov"的缩写。我可不是爱上了作家。My Child。）

# 五

今年夏天，我给一个男人写了三封信，但没有收到回信。我觉得不管怎么想，对于我而言都没有其他活路可选，所以在三封信中写了自己内心的想法。然后，怀着从悬崖顶端纵身跃入波涛汹涌的大海般的心情，把信寄了出去。然而，左等右等，不见回信。我若无其事地向弟弟打听那人的情况，弟弟说他一如往常，每晚到处喝酒，写的尽是一些越来越不道德的作品，招致世人的鄙夷与憎恶。他还劝直治加入出版业。直治也兴致勃勃，除了那人之外，还请了两三个小说家当顾问，好像还有人愿意出资等等。听了直治所说的话，我觉得我爱上的人身边丝毫不见我的气息渗入。比起羞耻感，我更深切地体会到，这个人世间似乎与我认识的人世间截然不同，是另一个奇妙的存在。我一个人孤零零地被抛下，伫立在秋日黄昏的旷野中，不管怎么呼喊都得不到任何回应——一种从未品尝过的凄怆袭上了心头。这就是所谓的失恋么？这样茕茕孑立于旷野中，夜幕彻底降临，便只剩下被寒露冻死一个结局了。一想到这里，我不禁放声恸哭，却哭不出眼泪，双肩和胸口剧烈地颤抖着，感到几乎无法呼吸。

事已至此，我只能不顾一切前往东京去见上原先生。我已经扬帆起航来到了港口之外，不可能一直原地不动，必须驶往目的地——就在我开始暗自下决心要去东京时，母亲的身体状况突然恶化了。

母亲咳嗽了一整夜，而且咳得非常厉害。我给她量了一下体温，三十九摄氏度。

"可能是因为今天太冷了，明天就会好的。"母亲一边咳嗽一边小声地说。

但我总觉得这不像是一般的咳嗽，决定明天不管怎样先请坡下村子里的医生过来看看。

第二天早上，体温降到三十七度，咳嗽也没那么厉害了。不过，我还是去找了村里的医生，跟他说，母亲最近身体一天比一天弱，昨晚又开始发烧，咳嗽也跟普通感冒引起的咳嗽似乎不太一样，请他前去诊察一下。

"好的，我一会儿就去。这是别人送给我的礼物……"医生说着，从客厅一角的橱柜里拿了三个梨送给我。中午过后，医生穿着白底碎花的衣服，外面罩一件夏天的短褂上门来了。像往常一样，他花了很长时间，仔仔细细地听诊、叩诊，然后转过身来正对着我说道：

"不用担心。吃了药就会好的。"

我莫名觉得有些滑稽，但还是拼命地忍住了笑，问："需不需要打针？"

医生一本正经地回答："没有这个必要吧。这是感冒，所以安静地休养一阵子，不久就会痊愈的。"

可是，一个星期过去了，母亲依然没有退烧。虽然咳嗽止住了，但体温早上是三十七点七度左右，到了傍晚便升到三十九度。医生从出诊后第二天开始，便因为闹肚子休诊了。我去拿药时告诉护士母亲的病情不太好，请她转告医生。但医生依然回复说是普通的感冒，不用担心，给了我一些药水和药粉。

直治又跑到东京去了，已经十多天没有回来了。我一个人实在担心，便给和田舅舅写了一张明信片，告诉他母亲的身体状况有变。

母亲开始发烧后第十天，村里的医生说他肠胃终于好了，又来到家里给母亲诊疗。

医生一边谨慎地在母亲胸口叩诊，一边叫道："明白了，明白了。"接着，他又转过身来正对着我说："发烧的原因弄清楚了。左肺有浸润的现象。不过，不必担心。发烧可能还会持续一段时间，但只要静养就好了，不用担心。"

是这样么？我有点怀疑，但就像溺水者抓住一根救命稻草似的，村里医生的诊断多少让我安心了一点。

医生回去之后，我对母亲说："太好了，妈妈。您只是肺部有一点浸润而已，大部分人都有这毛病。您只要保持良好的心态，哪天它自己就会好的。这都是因为今年夏天气候反常造成的，我讨厌夏天，也讨厌夏天的花。"

母亲闭着眼睛笑了："都说喜欢夏天的花的人会死在夏天，我本以为自己今年夏天可能就要死了，结果直治回来了，我才活到了秋天。"

那样的直治，依然是母亲活下去的精神支柱。想到这，我十分难受。

"那，夏天已经过去了，也就是说妈妈已经度过危险期了。妈妈，院子里的胡枝子开花了。还有黄花龙芽、地榆、桔梗、黄背草、芒草，整个院子开满了秋天的花草。到了十月，烧一定会退的。"

我这么祈祷着。这闷热的九月，即所谓的残暑季节快点过去吧。等到菊花绽放、和煦的小阳春天气来了之后，母亲的烧一定会退去，身体恢复健康。而我也可以跟那人相见，我的计划或许也会像大朵的菊花那样绚丽绽放。啊！十月快点到来，母亲的烧快点退吧！

我给和田舅舅寄去明信片后过了一个星期，在舅舅的安排下，以前当过御医的三宅老医生带着护士从东京赶来为母亲诊疗。

老医生与去世的父亲曾经也有过交往，母亲看上去非常高兴。而且，老医生向来不拘礼节，说话也很直接，这点好像也很合母亲的心意。那天，他们两个人把看病的事情抛在一边，其乐融融地聊着家常。我在厨房做了布丁，端到屋里时，诊疗好像已经结束了。老医生挂项链似的将听诊器胡乱地搭在肩上，坐在客厅走廊的藤椅上，悠闲地继续闲聊着。

"我嘛，也会去露天摊子那里，站着吃碗乌冬面。管它什么好吃不好吃呢。"

母亲也是一副若无其事的表情，一边看着天花板，一边听老医生说话。看来没有什么大问题，我松了一口气。

"情况怎么样？村子里的医生说，左肺有点浸润。"

我突然来了精神，跟三宅医生问道。老医生若无其事地轻声说："没什么，不要紧的。"

"啊，太好了！妈妈！"

我由衷地微笑着跟母亲说："医生说了，不要紧的。"

这时，三宅医生突然从藤椅上站起身来，朝中式客厅走去。他看上去似乎有话要对我说，我便轻轻地跟了过去。

老医生走到中式客厅的壁挂旁停下了脚步，说道："肺音听起来咔哧咔哧的。"

"不是浸润么？"

"不是。"

"会不会是支气管炎？"我噙着泪水问。

"不是。"

结核！我实在不愿意朝这上面想。只是肺炎、浸润或者支气管炎的话，我一定能够凭自己的力量把母亲治好。可如果是结核的话，那就无计可施了。我觉得自己脚下的世界正在崩塌开来。

"肺音非常糟糕么？听起来咔哧咔哧的？"

不安之余，我忍不住低声啜泣起来。

"左右两边都是。"

"可是，妈妈挺精神的啊！吃饭，也一直都说好吃好吃来着……"

"没办法了。"

"假的！是吧？没有这回事，对吧？如果给她吃很多的黄油、牛奶，就会治好的吧？只要身体有了抵抗力，烧就会退了吧？"

"嗯，不管是什么，多吃东西吧。"

"对吧？没错吧？妈妈每天差不多吃五个西红柿呢。"

"嗯，西红柿很好。"

"那，不要紧的吧？会治好的吧？"

"不过，这回的病可能是致命的，最好还是做好这个心理准备。"

有生以来，我第一次知道了绝望之壁的存在——这个世上有许多人力所不能及、无可奈何的事情。

"两年？三年？"我颤抖着低声问。

"不知道。总之，已经毫无办法了。"

三宅医生那天在伊豆的长冈温泉预订了房间，于是他跟护士一起走了。我把他们送到了门外，然后晕晕乎乎地回到房间，坐在母亲的枕头旁，装作什么事也没发生过的样子对母亲笑了笑。母亲问："医生怎么说？"

"他说只要烧退了就没事了。"

"胸部那里呢？"

"好像也没有什么大问题。我说，肯定也跟您上回生病时那样，等天气凉了，很快就会好起来的。"

我竭力让自己相信自己的谎言，把那些"致命"之类的可怕字眼忘得一干二净。对我而言，母亲如果离开人世，则意味着我的肉体也同时消失，我实在难以面对这样的事实。从今往后，我要把其他一切事情抛诸脑后，为母亲做许许多多美味可口的东西。鱼、汤、罐头、肝脏、肉汁、番茄、鸡蛋、牛奶、高汤。要是有豆腐就好了。豆腐大酱汤、白米饭、年糕，凡是好吃的东西，我都要做给母亲吃……我可以把我所有的东西都卖掉。

我站起身来，去中式客厅把躺椅搬到檐廊附近坐了下来，以便看见母亲的脸庞。母亲正躺着休息，她的面容看上去一点也不像个病人。双眼美丽清澈，面色也充满活力。每天早上，母亲都按时起床，接着去卫生间洗漱，在洗澡房那不到五平方米的空间里自己梳好头发、打扮整齐后，再回到房里，坐在床上吃早饭。然后，或者躺着或者起身，整个上午一直看报纸或读书，只有下午才会发烧。

"啊，母亲这么精神，一定不会有事的。"

我在心里一个劲儿地否定三宅医生的诊断。

到了十月，等菊花绽放时……想着想着，我迷迷糊糊地打起盹来。我来到了一处熟悉的林中湖畔。啊，我又来到这里了！现实中我一次也没有见过的风景，却时常出现在梦境中。我和一位身穿和服的青年悄无声息地走着。一切风景似乎都笼罩在绿色的雾气中，湖底沉着一座白色而精致的桥。

"啊！桥沉了。今天哪儿也去不了了，就在这边的酒店住下吧，应该还有空房间的。"

湖畔有一栋石头建造的酒店。酒店的石头被绿色的雾气濡湿了，石门上镌刻着细细的金字：HOTEL SWITZERLAND①。当我正读着 SWI 时，忽然想起了母亲。母亲怎么样了？她也来这家酒店么？我觉得有些奇怪。我和青年一起穿过石门，走进前院。雾中的院子里，像绣球花似的大朵红花正开得如火如荼。小时候，当我看到棉被图案上四处散落的红艳艳的绣球花时，曾莫名地感到悲伤。原来世上真的有红色的绣球花啊。

"冷么？"

---

① 意为：瑞士酒店。

"是的，有一点冷。耳朵被雾气弄湿了，耳朵后面有些凉。"

说完，我又笑着问："我妈妈怎么样了？"

青年露出十分悲伤而慈爱的微笑，回答道："那位夫人在墓下面。"

"啊！"

我低声叫了出来。原来如此。母亲已经不在人世了，母亲的葬礼也早已举行过了。啊！一旦意识到母亲已经过世，难以言喻的凄凉顿时让我浑身颤抖，随即醒了过来。

阳台已经是一片暮色。外面正下着雨，四周笼罩着绿色的凄清冷寂，就像梦里一样。

"妈妈！"我喊道。

"在做什么呢？"母亲静静地回答。

我高兴得一下子跳起来，跑到房间里，跟母亲说："刚才，我睡着了。"

"是么。我还在想，你在做些什么呢。这午觉可睡得真久啊。"

母亲饶有兴致地笑了。

母亲这般优雅地呼吸着、活着，这让我非常高兴、庆幸不已，不由得热泪盈眶。

"晚饭做些什么菜？您想吃点什么？"我有些兴奋地问。

"不用了，我什么都不想吃。今天烧到了三十九度五。"

我一下子陷入了深深的沮丧之中。绝望之余，我茫然地望着昏暗的房间，突然想到了死。

"怎么会这样，三十九度五！"

"不要紧的，只是发烧之前特别难受。头有点痛，浑身发冷，接着就开始发起烧来。"

外面天色已暗，雨似乎已经停了，风刮了起来。我打开灯，正准备去餐厅，听见母亲说："太刺眼了，别开灯。"

"您不是不喜欢在黑乎乎的地方一动不动地躺着么？"我站着问道。

"我闭上眼睛躺着，都是一回事。这样一点也不孤单。刺眼的灯光反而让人受不了。以后，这里的灯就不要开了。"母亲回答道。

这让我又有了一种不祥的预感。我默不作声地把房间里的灯关掉，走到隔壁房间，把台灯打开，心里感到万分凄凉。于是，我快步走到餐厅，把罐头里的三文鱼搁在冷饭上吃了起来，眼泪簌簌地落下。

夜里，风刮得越来越大。九点左右开始风雨交加，变成了真正的暴风雨。走廊外边，两三天前卷上去的竹帘被风吹得"啪嗒啪嗒"直响。我在客厅隔壁的房间里，异常兴奋地读着罗莎·卢森堡①的《经济学入门》。这书是我前一阵子

---

① 罗莎·卢森堡（1871—1919），出生于波兰，马克思主义思想家、理论家、革命家。

从二楼直治的房间里拿来的，当时我还把《列宁选集》以及考茨基①的《社会革命》也一并擅自借了过来，放在我的桌子上。有一天，母亲早上洗完脸回房间，从我书桌旁边经过时，目光忽然落了这三本书上。她一一拿在手上看了看，微微地发出一声叹息，然后又轻轻地还回桌子上，神情落寞地瞧了我一眼。她的眼神虽然充满了深深的悲伤，但绝不是拒绝或者厌恶。母亲平常读的书是雨果、大小仲马、缪塞以及都德等人的作品。我知道，即使是这种甘美的故事书中，也蕴含着革命的气息。像母亲那样拥有与生俱来的教养（这种说法可能有些奇怪）的人，也许出人意料地会以一种理所当然的态度迎接革命。即便是我，这样读着罗莎·卢森堡的书也不免让人觉得有些装模作样，但我还是以自己的方式读得津津有味。书上写的是经济学相关的内容。可是，如果把它当作经济学来读就非常枯燥乏味，因为讲的都是些简单明了的事情。不，或者是我完全不了解经济学的缘故。总之，对我而言，索然无味。人是吝啬的，而且永远都是吝啬的——假如没有这个前提，经济学这门学问根本无法成立。对于不吝啬的人来说，分配问题也好什么也好，他们对此毫无兴趣。尽管如此，我读这本书时，在另一个地方发现了让我异常兴奋之处。那就是这本书的作者毫不犹豫、一往无前

---

① 卡尔·考茨基（1854—1938），社会民主主义活动家，德国和国际工人运动理论家，马克思主义发展史中的重要人物，《资本论》第 4 卷编者。

地摧毁旧思想的巨大勇气。我的脑海中甚至浮现出一个有夫之妇的身影，她不管如何违背道德，也要从容、痛快地奔向她的心上人。破坏思想。破坏是哀伤的、悲凉的，同时也是美好的。破坏、重建、完成——多么美好的梦想！一旦破坏，可能永远也等不到完成的那一天，但即便如此，为了心中那份爱慕之情，也必须进行破坏，必须掀起革命。罗莎苦苦地深爱着马克思主义。

那是十二年前冬天的事了。

"你是《更级日记》①中的少女，跟你说什么也没有用。"

朋友这么说完，就离我而去了。那个时候，我把一本她借给我的列宁的书原封不动地还给了她。

"读了么？"

"对不起，没读。"

我们当时站在一座可以望见尼古拉大教堂②的桥上。

"什么原因？为什么？"

朋友比我还要高出一寸左右，学习语言极有天赋。她头上戴着的红色贝雷帽跟她的气质非常相衬，大家都说她长得像蒙娜丽莎，是个公认的美人。

---

① 日本平安时代女性日记文学代表作之一，作者是菅原孝标女（1008—卒年不详）。该作品主要回顾了作者天真烂漫的少女时代、出仕宫廷的岁月、失去丈夫后的孤独晚年等人生历程。
② 位于东京千代田区神田骏和台的东正教教堂。

"我不喜欢封面的颜色。"

"真是个怪人。不是这样的吧？其实你是害怕我吧？"

"不害怕，我只是受不了那封面的颜色。"

"是么？"

她有些落寞地说。然后，她便说我是《更级日记》少女，并且认定了对我多说无益。

我们默默无语地俯视着冬天的河流，就这么过去了好一会儿。

"请多保重。假如这是永远的别离，就请永远地保重。拜伦。"

说完，她又用原文快速地朗诵了一遍这句拜伦的诗，轻轻地拥抱了我一下。

我有些羞愧，低声说了一句："真是对不起。"然后，便朝着御茶水车站走去。途中回头一看，发现那个朋友依然伫立在桥上，一动不动地凝望着我。

从那以后，我再也没有跟她见过面。虽然我们都在同一个外国人教师家里学习，但就读的学校不同。

十二年过去了，我依然是《更级日记》中的少女，没有半点进步。在这些岁月中，我究竟做了些什么呢？既没有憧憬过革命，也不懂得爱情。迄今为止，世上的大人们告诉我们，革命和恋爱是世界上最愚蠢、最不祥的存在。战争之前也好，战争期间也好，我们都对这些话深信不疑。可是，战败之后，我们不再信任世上的大人们，认为凡事只有在那些人所说的对立面才能找到真正的生路，觉得革命和恋爱实际上是这个世上最美好、最甘甜的事情。正因为它们如此美好，所以大人们才不怀好意地欺骗我们，说它们是青葡萄。我坚信，人是为了恋爱和革命来到这个世界的。

纸拉门轻轻地开了，母亲笑着探进头来说："还没睡呐，你不困么？"

我看了一眼桌上的表，已经十二点了。

"是的，一点也不困。在读一本社会主义的书，太兴奋了。"

"是么。没有酒么？这种时候，喝点酒再休息，准能睡个好觉。"

母亲开玩笑地打趣道，她的态度有些许颓废派艺术家的妩媚。

不久，十月终于来了。可是，不见秋高气爽的晴天，反而连日里都像梅雨天似的既潮湿又闷热。每天一到傍晚，母亲的体温依然在三十八度到三十九度之间上上下下。

一天早上，我发现了一件可怕的事情：母亲的手浮肿起来了。以前常说早餐最可口的母亲，近来只能坐在床上喝一小碗粥，气味有些浓烈的菜她都不想碰。那天，我用松茸给母亲做了一份高汤，结果她似乎连松茸的香气都受不了，把碗端到了嘴边，随即又轻轻地放回餐盘上。这时，我看到了母亲的手，不由得大吃一惊。母亲的右手肿得圆滚滚的。

"妈妈！您的手，不要紧吧？"

母亲的脸看上去有些苍白，也有一点浮肿的样子。

"不要紧的。这么点浮肿，不碍事的。"

"什么时候开始肿的？"

母亲像是被光晃得难受似的眯起了眼睛，沉默不语。我想放声大哭。这样的手哪里是母亲的手，是别人家老阿姨的手。我母亲的手更加纤细、小巧，是我非常熟悉的手，是一双温柔的手、可爱的手。难道那双手已经永远地消失了么？左手虽然没有肿得那么厉害，但也让人不忍目睹。我连忙移开视线，瞪着壁龛上的花篮。

眼看泪水即将夺眶而出，我再也忍不住，于是霍然起身去了餐厅。直治正一个人吃着鸡蛋。他即使偶尔待在伊豆的家里，夜里也必定跑去阿咲店里喝烧酒。早上总是阴沉着脸，不吃米饭，而是吃上四五个半熟鸡蛋，然后又回到二楼，时起时卧。

"妈妈的手肿了……"

我跟直治说到这里，便低下了头，再也无法继续说下去，我低着头，肩膀颤抖着哭了起来。

直治一言不发。

我抬起头，抓住餐桌的边缘说："已经不行了。你没注意到么？肿成那个样子，已经不行了。"

直治的脸色也暗了下来："看样子，快了。哼，真是太没劲了。"

"我想再一次治好她，无论如何都想要治好她。"

我用右手绞着左手说道。突然，直治抽抽搭搭地啜泣起来。

"一件好事也没有！我们一件好事也没有啊！"他一边说，一边用拳头胡乱地揉着眼睛。

那天，直治去东京跟和田舅舅汇报母亲的情况，同时也请示一下今后该如何安排。只要不是守在母亲身边，我从早到晚几乎都在以泪洗面。穿过晨雾去取牛奶时，对着镜子梳理头发时，涂口红时，我总是在哭泣。跟母亲一起度过的幸福时光，这件事那件事，图画般浮现在眼前，我怎么哭都哭不够。傍晚，天黑之后，我走到中式客厅的阳台上啜泣了许久。秋日的夜空中，星星在闪烁。一只别人家的猫蜷在我脚边，一动不动。

第三天，母亲的手肿得比昨天更严重了。她什么也没吃。连橘子汁也说因为嘴里发炎，疼得难受，喝不了。

"妈妈，要不要再戴一戴直治说的那种口罩？"

我本想笑着说的，但说着说着，竟然难受得"哇"的一声哭了出来。

"每天都这么忙，你累了吧。请个护士吧。"母亲平静地说道。我知道母亲担心我的身体更甚于她自己的身体。这让我更加悲伤，起身跑去洗澡房尽情地大哭了一场。

正午刚过一会儿，直治带着三宅老医生和两名护士回来了。

一向爱说笑的老医生此时似乎也有一些生气似的，脚步沉重地走进母亲房间，立刻开始诊察。接着，他像是自言自语般低声说："身子虚弱了很多啊。"然后，他给母亲注射了樟脑液。

"医生您住在哪儿？"

母亲梦呓一般地说道。

"还是在长冈。已经预订好了，您不用担心。这位病人，不要担心别人的事情，顺着自己的心意，想吃些什么就多吃些什么。多吸收营养，就会好起来的。我明天还会再来。留一个护士在这里，有什么事情尽管吩咐她。"

老医生朝病床上的母亲大声说道。接着，他向直治使了个眼色，站起身来。

直治一个人送医生及随行的护士出去，过了一会儿，他回来了。我看他的神色，一副想哭又极力克制住的样子。

我们悄悄地离开病室，去了餐厅。

"不行了？是吧？"

"真是没劲！"

直治撇嘴笑着说："好像身体一下子变得非常衰弱。医生还说什么说不好是今天还是明天……"

说着说着，直治的眼泪涌了出来。

"不用打电报通知各方面的亲友么？"我反而镇定下来。

"我和舅舅商量过了，舅舅说如今已经无法召集那么多人了。即使人家来了，我们家这么点地方，反而有失礼数。这附近也没有什么像样的旅馆。长冈温泉那边，我们也订不了两三个房间。总之，我们现在已经穷酸落魄，没有能力邀请那些有头有脸的人了。舅舅应该很快就会过来。不过，那家伙向来小气，根本指望不上。就说昨天晚上吧，把妈妈的病抛在一边，没完没了地对我说教。听了小气鬼说教之后幡然醒悟的人，只怕古往今来都找不着一个！虽说是姐弟，妈妈跟那家伙简直是天差地别。真是够烦的。"

"不过，我姑且不说，你以后如果不依靠舅舅……"

"饶了我吧！还不如索性去当乞丐呢。倒是姐姐，往后得仰仗舅舅了。"

"我……"眼泪流了出来，"我有地方去。"

"结婚？已经定了么？"

"不是。"

"自食其力？做个职业女性？算了，算了！"

"也不是自食其力。我……要当一个革命家。"

"什么？"

直治用奇怪的表情看着我。

这时，三宅医生带来的护士过来叫我。

"夫人好像有什么事情要吩咐。"

我赶紧去了病室，坐在母亲的被子旁边，脸凑近母亲问："什么事？"

母亲好像有话要说，却又沉默不语。

"要喝水么？"我问。

母亲轻轻地摇了摇头。好像也不是想喝水。

过了一会儿，母亲小声地说："我做了个梦。"

"是么？什么样的梦？"

"我梦见蛇了。"

我心里一惊。

"檐廊下面放鞋的石板上，有一条红色斑纹的母蛇。你去看看吧。"

我感到浑身发冷，立刻站起身来，走到檐廊上。隔着玻璃窗往外一看，发现放鞋的石板上，一条蛇正在秋日阳光的沐浴下舒展着长长的身子。我顿时一阵眩晕。

我认识你！你看上去比那时候大了一些、老了一些。不过，你就是那条被我烧了蛇蛋的母蛇。你的报复，我已经充分领教了，你赶快走吧！快点走开吧！

我心里这么念叨着，盯住那条蛇。可那条蛇怎么也不动弹。不知为什么，我不想让护士看见那条蛇。于是，我重重地跺了跺脚，故意很大声地说："没有啊，妈妈。梦什么的，完全靠不住嘛!"

我往脱鞋子的石板那边看了看,蛇终于蠕动身子,慢慢悠悠地从石板那里滑下去,爬走了。

已经不行了!已经彻底没有希望了——当我见到那条蛇时,心底第一次涌出了绝望。据说父亲过世时,枕边出现过黑色的小蛇。而且,当时我还看到院子里所有的树上都缠满了蛇。

母亲似乎连起身坐在床上的力气都没有了,总是昏昏沉沉的,身体全靠陪床的护士来照顾。三餐几乎什么都没吃。不知道这么说是否妥当,看到那条蛇之后,我内心最悲伤的部分被彻底击穿,之后反而获得了一种平静。这种近似于幸福感的从容让我决定接下去要尽量多陪在母亲身边。

第二天起,我便紧挨着母亲的枕边坐下,编织毛线。毛线活儿也好、针线活儿也好,虽说我手脚都比别人快得多,但技术不好。因此,母亲总是手把手地教我——调整那些没弄好的地方。那天,我虽然并没有打毛线的心思,但为了给自己黏在母亲身边找一个合适的理由,必须装装样子,便取出毛衣盒子,心无杂念地织了起来。

母亲盯着我的手看了一会儿,说:"是织你的袜子吧?那么,还要加上八针,不然穿起来会太紧的。"

小时候,不管母亲怎么教我,我总是织不好。现在,我又像当时那样不知所措,有些难为情,也十分留恋。母亲这样教我打毛线，今天可能是最后一次了，一想到这，眼泪便模糊了我的视线，针脚都看不见了。

母亲这么躺着，看上去似乎一点也不痛苦。从今天早上开始，她没吃任何东西。我只是用纱布浸一点茶水，不时沾一沾她的嘴唇。但是，她的意识非常清醒，时不时柔声细语地跟我说几句话。

"报纸上好像刊登了天皇陛下的照片，再给我看看。"

我把报纸上刊登了照片的地方举在母亲眼前。

"陛下老了。"

"不是的，是这张照片没拍好。前些日子有张照片，陛下非常年轻，可精神了！他现在应该反而为这样的时代感到高兴吧。"

"为什么？"

"因为陛下这回也解放了嘛！"

母亲落寞地笑了。过了一会儿，她说："想哭，也哭不出眼泪了。"

我忽然想到，母亲现在应该是幸福的。所谓的幸福感，或许就像深深地沉在悲伤之河的河底，微微地闪烁着的砂金一样吧。假如穿过了悲伤的极限之后那种不可思议的微光般的心情就是幸福感的话，那么陛下、母亲还有我，现在的确是幸福的。宁静的秋日上午，温柔的阳光洒在庭院中。我停下手里的毛线活，眺望着远处齐至我的胸口、波光粼粼的海平面，对母亲说："妈妈，我以前真是不懂人情世故啊。"

我本来还想再多说一些，但不好意思被客厅一角正在做静脉注射的护士听见，便没有继续说下去。

"以前……"母亲淡淡地笑着问我，"这么说，你现在懂得人情世故了？"

不知为什么，我的脸变得通红。

"人情世故，弄不懂啊。"母亲转过脸去，自言自语般低声说道。

"我是不懂。这世上应该没有人会懂吧？不管时间过去多久，一个个都还是孩子，什么也不懂。"

然而，我必须活下去。或许我还是个孩子，但是已经不能再任性撒娇了。从今往后，我必须与这世间抗争下去。啊！像母亲那样与世无争、无怨无恨、美丽而悲哀地度过一生的人，母亲已经是最后一个了。今后的世间，再也不可能存在了。走向死亡的人是美丽的。然而，活着，活下去，我觉得是非常丑陋、血腥、肮脏的事情。我在榻榻米上试着想象了一下怀孕的母蛇挖洞的情景。尽管如此，我还有尚未彻底死心的东西。纵然可耻，我也要活下去，为了实现自己的愿望，与这世间抗争下去。母亲即将不久于人世，当这已成定局时，我心中的浪漫和感伤也渐渐消失了。我总觉得自己正在一点点地变成一个不容掉以轻心的狡猾奸诈的生物。

那天过午不久，我正在母亲身边帮她润湿嘴唇，一辆汽车停在了门口。和田舅舅和舅妈一起从东京开车过来了。舅舅走进病室，默默地坐在了母亲的枕边。母亲用手帕遮住了自己的下半边脸，凝望着舅舅，哭了。然而，只是脸上露出了哭的表情，眼泪却流不出来，感觉像是人偶似的。

"直治在哪里？"

过了一会儿，母亲看着我说道。

我上了二楼，对躺在西式房间沙发上看新刊杂志的直治说："妈妈叫你去一下！"

"唉！又要听一场人世间的悲叹了么？你们还真是了得，居然能够一直待在那里。神经可够迟钝的，薄情呐！我呢，其实痛苦得不得了，但是内心火热、身体虚弱，根本没有气力守在妈妈身边。"

直治一边说一边穿好了上衣，跟我一起从二楼走了下来。

我们俩并肩在母亲的枕边坐下，母亲忽然从被窝里伸出手来，默默地指了指直治，又指了指我，然后脸朝向舅舅那边，双手紧紧地合十。

舅舅用力地点了点头，说："啊！我知道了，我知道了！"

母亲似乎放下心来，她轻轻地闭上眼睛，把手悄悄缩回被窝。

我哭了，直治也低头呜咽。

这时，三宅老医生从长冈赶了过来，先给母亲打了一针。母亲见到了舅舅，可能也没有什么放心不下的事了，她对医生说："先生，请帮我早点解脱吧！"

老医生跟舅舅彼此看了看对方，没有说话。两个人的眼里都闪着泪花。

我起身去餐厅，做了舅舅喜欢吃的油豆腐乌冬面。我把医生、直治、舅舅、舅妈四人份的乌冬面端到了中式客厅。然后，我把舅舅带来的丸之内酒店自制的三明治给母亲看了看，放在她的枕边。

"你好忙啊……"

母亲小声地说。

大家在中式客厅里闲聊了一会儿。舅舅和舅妈说是今晚有事无论如何必须得回东京，交给我一包慰问金。三宅老医生也要跟护士一起回去了，他跟留下来陪床的护士交代了许多要点。老医生说母亲现在意识清醒，心脏也不算特别衰弱，只靠打针应该也可以支撑个四五天。于是，当天他们就都坐车回东京去了。

送走他们之后，我回到了房间。母亲脸上挂着只有我才能见到的亲切笑容，再一次耳语般轻轻地说："忙坏了吧。"她的脸那般生动，甚至可以说是光彩照人。我想可能是因为见到了舅舅，她心里高兴的缘故。

"不忙。"

我也觉得有点兴奋，微微地笑了笑。

而这成了我跟母亲最后的对话。

三个小时后，母亲去世了。秋日宁静的黄昏，护士最后为她诊了次脉，在直治和我这仅有的两个至亲的守护下，日本最后的贵妇人——美丽的母亲离开了人世。

母亲走的时候，容颜几乎没有变化。父亲过世时，脸色一下子就发生了变化。母亲的脸色却丝毫没变，只是呼吸停止了。甚至连呼吸何时停止，也无法具体确定。她脸上的浮肿，从前一天起已经消退，双颊像蜡一样光滑。薄薄的嘴唇微微有点撇，仿佛依然含着微笑一般，比活着的母亲还要妩媚动人。我觉得她像是"圣殇"①中的圣母马利亚。

---

① 圣母马利亚怀抱耶稣的绘画，又称"圣母怜子图"。

# 六

战斗，开始了。

我不能永远沉浸在悲伤之中。我有无论如何都必须为之战斗的对象。新的伦理——不，那么说有些伪善的味道。是恋情，仅此而已。正如罗莎必须依靠新的经济学才能生存，我如今倘若不依靠恋情就活不下去了。为了揭穿这个世上的宗教家、道德家、学者、权威人士的伪善，为了把神的真爱毫不犹豫地如实告诉人们，耶稣把他的十二个门徒派往四面八方。当时他对门徒们的教诲，我觉得跟我现在的情形并非完全无关。

腰袋里不要带金银铜钱。行路不要带口袋，不要带两件褂子，也不要带鞋和拐杖。我差你们去，如同羊进入狼群，所以你们要灵巧像蛇，驯良像鸽子。你们要防备人，因为他们要把你们交给公会，也要在会堂里鞭打你们；并且你们要为我的缘故被送到诸侯君王面前。你们被交的时候，不要思虑怎样说话，或说什么话。到那时候，必赐给你们当说的话，因为不是你们自己说的，乃是你们父的灵在你们里头说的。并且你们要为我的名被众人恨恶，唯有忍耐到底的必然得救。有人在这城里逼迫你们，就逃到那城里去。我实在告诉你们，以色列的城邑你们还没有走遍，人子就到了。

那杀身体不能杀灵魂的，不要怕他们；唯有能把身体和灵魂都灭在地狱里的，正要怕他。你们不要想，我来是叫地上太平；我来并不是叫地上太平，乃是叫地上动刀兵。因为我来是叫人与父亲生疏，女儿与母亲生疏，媳妇与婆婆生疏。人的仇敌就是自己家里的人。爱父母过于爱我的，不配做我的门徒；爱儿女过于爱我的，不配做我的门徒；不背着他的十字架跟从我的，也不配做我的门徒。得着生命的，将要失丧生命；为我失丧生命的，将要得着生命[①]。

战斗，开始了。

假如我为了恋情，发誓恪守耶稣的这番教诲，耶稣会叱责我么？我不明白，为什么"恋情"是丑恶的，而"爱"则是美好的。我总觉得是同一回事。为了懵懂的爱，为了恋

---

① 以上文字出自《圣经》中的《马太福音》第10章第9至39节，译文参照《圣经》（中国基督教三自爱国运动委员会、中国基督教协会出版发行）。

情，为了爱恋的悲伤而把肉体与灵魂都毁灭于地狱的人——啊！我想大声宣告，我正是那样的人！

在舅舅他们的安排下，在伊豆为母亲举行了私人葬礼。正式的葬礼在东京举行。一切结束之后，直治和我回到了伊豆的山庄，过着一种彼此相对无言、莫名有些尴尬的生活。直治说是要用作出版的资金，把母亲的珠宝全部都拿走了。他在东京喝累了，就顶着一张像是得了重病的病人似的惨白的脸，摇摇晃晃地回到伊豆山庄睡觉。有一次，直治带回来一个年轻的舞女，他自己好像也有点觉得不好意思的样子。

"我今天去趟东京没关系吧？我想去朋友那里玩一玩，好久没去了。可能会住上两三个晚上，你就留在这里看家吧。饭菜，可以请那位帮忙做一下。"

我不失时机地抓住了直治的弱点，正所谓像蛇一般聪慧。我把化妆品、面包等塞进包里，极为自然地上东京去见那个人了。

在东京郊外的国营铁道荻洼站北口下车后，再走二十分钟左右就到了那个人战后的新家。这是我之前不露声色地从直治那里打听来的。

那一天，寒风凛冽。我在荻洼站下车时，四周天色已经有点暗了。我不时拦下来往的行人，把那个人的地址告诉对方，打听该朝哪个方位走。我在黑乎乎的郊外小巷里差不多转了快一个小时。不安害怕之余，眼泪忍不住掉了下来。接着又被路上的石子儿绊了一跤，木屐带断了。我呆呆地站在那里，不知该如何是好。忽然，我发现右手边两栋简易住宅中，有一家的门牌在夜色中泛着白光，上面似乎写着"上原"。我顾不上一只脚只穿着布袜，连忙跑到那一家的玄关处，仔细一看，果然写着"上原二郎"，但屋里一片黑暗。

怎么办呢？我又呆呆地站了片刻，怀着豁出去的心情，扑过去似的紧紧地贴住玄关的格子木门，问道："有人在家么？"

双手的指尖抚摸着格子，我小声地嗫嚅："上原先生。"

有人应声了，但那是女人的声音。

玄关的门从里面打开了。一个长着鹅蛋脸、气质有点古风、年纪比我大上三四岁的女人，在玄关的阴影中微微一笑："请问您是哪位？"

她问我时的语气没有丝毫的恶意与戒心。

"呃，那个……"

我没敢说出自己的名字。唯独在这个人面前，我的恋情让我莫名觉得内疚。我战战兢兢，近乎低声下气地问："先生呢？他不在家？"

"是啊。"她回答完，一脸同情地看着我。

"不过，他多半是去了……"

"很远么？"

"不远。"她似乎觉得有些好笑，一只手捂住嘴说道，"就在荻洼。你上车站前面一家叫'白石'的关东煮店那里问一下，应该就能知道他去哪里了。"

我高兴地几乎跳起来："啊，是吗？"

"哎呀，您的木屐……"

在上原太太的邀请下，我走进玄关，在入口的台阶坐下。她给了我一条简易木屐带——在木屐带断掉时用于简易修补的皮绳，我很快便修好了木屐。这期间，太太点了一根蜡烛，拿到玄关这边来。

"实在不巧，两个灯泡都坏了。最近灯泡贵得要命，又容易烧坏，真是不像话。他要是在家，就让他去买新的了。可他昨天晚上、前天晚上都没回来，我们身上又没钱，所以只好连着三个晚上都早早就睡了。"

上原太太看上去毫不在意地笑着说道。她身后站着一个十二三岁的女孩，一双大大的眼睛，个子瘦瘦的，似乎不怎么爱跟人亲近的样子。

敌人。虽然我不这么想，但总有一天，这位太太和她的孩子会把我视为敌人，憎恨我。想到这里，我的恋情似乎一下子降到了冰点。我换好了木屐带子，站起身来啪嗒啪嗒拍了拍手，弄掉手上的灰尘，一股凄凉顿时朝我的全身袭来。不堪忍受之余，我的内心产生了激烈的动摇——恨不得立刻跑进客厅，在黑暗中紧紧地攥住太太的手痛哭一场。可是，我忽然又想到了痛哭之后自己那尴尬无趣、难以名状的样子，便断了这个念头。

"谢谢您了！"

我十分恭敬地跟太太道了谢，走出门外。迎着凛冽的寒风，我思绪纷乱。战斗开始了。爱、喜欢、爱慕。真的爱、真的喜欢、真的爱慕。因为真的爱，所以无可奈何。因为真的喜欢，所以无可奈何。因为真的爱慕，所以无可奈何。那位太太的确是个难得的好人，那位小姐也很漂亮。然而，即使站在神的审判台上，我也不会觉得自己有丝毫的愧疚。人是为了恋爱和革命而来到人世间的，神不可能加以惩罚，我没有半点罪过。因为是真的喜欢，所以理直气壮。在跟那个人见上一面之前，哪怕两三个晚上露宿街头，我也要坚持到底。

我很快就找到了车站前叫"白石"的那家关东煮店。可是，那个人不在店里。

"他在阿佐谷，准没错儿。从阿佐谷站的北口出来一直往前走，呃，差不多走个一百五十米左右，有一家五金店，在那里往右拐，走进去大概五十米吧，就能看见一家叫作'柳屋'的小酒馆。先生最近跟柳屋的阿舍打得火热，整天泡在那里，真是比不过哦！"

我来到车站，买了票，坐上开往东京方向的国营电车。在阿佐谷站下车，出北口直走大概一百五十米，在五金店往右拐后再走五十米左右，便到了柳屋。店里静悄悄的。

"刚刚才走呢。好多人一起，说是接下来还要去西荻那边'千鸟'的老板娘那里喝个通宵。"

店里一个女子这么告诉我。她比我还要年轻，举止沉稳、气质优雅、待人亲切。她就是那个跟他打得火热的阿舍么？

"千鸟？在西荻哪个地方呢？"

我有点泄气，眼泪差点掉落下来。突然觉得自己现在是不是疯了。

"我也不太清楚。好像是在西荻站下车，南口往左边进去的某个地方。总之，问一问交警应该就会知道了。他这个人，只喝一家是不会过瘾的。去千鸟之前说不定又拐到什么地方去了呢。"

"我去千鸟看看。再见！"

我又再次倒了回去。在阿佐谷站坐上开往立川方向的国营电车，荻漥、西荻漥，在车站南口下了车。我在寒风中彷徨，找到交警，问清"千鸟"所在的位置之后，按照交警的指引，在夜路上快步疾行。终于，我看到了"千鸟"的蓝色灯笼，毫不犹豫地走上前去，拉开了格子木门。

迎面而来的是土间①，接着是一个六张榻榻米大小的房

———————
① 日本房屋内未铺设地板、地面为泥地的房间。

间，四处充斥着香烟的烟雾，一片雾蒙蒙的。大概有十个人围坐在屋子里的一张大桌子旁，大声喧哗着饮酒作乐。有三个比我年轻一些的小姐也夹杂在其中，又是抽烟又是喝酒。

我站在土间四处看了看，终于找到了他。简直就像做梦一样。他变了！六年时间里，他完全不一样了，变成了另一个人。

这就是那个人——我的彩虹、我的 M. C、我的人生意义所在吗？六年。虽然头发依然蓬乱如故，却有些可怜地变成了稀疏的红褐色。脸色蜡黄，有些浮肿，眼眶溃烂发红，门牙脱落，嘴巴不停地咀嚼着，感觉像是一只老猴子伛偻着背，坐在房间的角落里。

其中一个小姐看见了我，便用眼神示意上原先生我来了。他依然坐着不动，只是伸长细细的脖子朝我这边看了看，然后面无表情地努了努下巴，示意我进去。一席人好像对我毫无兴趣，继续大声喧哗着。尽管如此，他们还是互相挤了挤，在上原先生的右边给我让出了一个位子。

我默默地坐下。上原先生往我的玻璃杯里倒了满满的一杯酒，接着又把他自己玻璃杯里的酒给满上，然后用嘶哑的声音低低地说："干杯！"

两个玻璃杯有气无力地碰在了一起，"咣当"，发出了一声悲凉的声响。

"断头台，断头台，咻噜咻噜咻！"不知道是谁起头说了一句，随即另一个人应和道："断头台，断头台，咻噜咻噜咻！"两个人响亮地碰了一下酒杯，一饮而尽。"断头台，断头台，咻噜咻噜咻！断头台，断头台，咻噜咻噜咻！"——四处都唱起了这首胡编乱造的歌，互相碰杯的声音此起彼伏。看来他们是用这种极为荒诞的节奏来助兴，把一杯杯酒灌进喉咙里去。

"那，先告辞了。"

刚有人这么说完摇摇晃晃地回去了，马上又有新的客人慢慢吞吞地进来，跟上原先生微微点点头，便一屁股坐下来。

"上原先生，那个地方的……上原先生，那个地方的……啊、啊、啊，什么来着？那个，该怎么说好来着？是啊、啊、啊？还是啊啊、啊？"

探身询问的人是新派戏剧演员藤田，我对他的舞台扮相有印象。

"是'啊啊、啊'。啊啊、啊，千鸟的酒，不便宜啊！——类似这样的感觉。"上原回答道。

"尽说钱的事儿。"一个小姐说。

"两只麻雀一分钱，这是贵呢？还是便宜呢？"一个年轻的绅士问。

"《圣经》里有句话说'一厘钱也须还清'。还举了一个很复杂的例子，说什么还给某人五塔兰特①，还给某人二塔兰特，还给某人一塔兰特等等。看来基督算起账来也够精细的嘛！"另一个绅士说。

"而且，那家伙是个酒鬼！我总觉得《圣经》里关于酒的故事很多，结果不出所料，里头就记载着他有一次被人指责'瞧！好酒的人'。说他是好酒的人，而不是喝酒的人，说明肯定喝得相当厉害。至少能喝一升吧。"又一个绅士接着说。

"算了，算了。啊啊，啊，你们害怕面对道德，就把耶稣拿来出来当幌子！小千惠，来，喝酒！断头台，断头台，咻噜咻噜咻！"

说着，上原先生跟最年轻漂亮的小姐用力地"咣当"碰了一下杯，一饮而尽。酒沿着他的嘴角滴落下来，濡湿了下巴。他气急败坏地用手掌胡乱擦了擦，接连打了五六个大喷嚏。

我悄悄站起身，去了隔壁房间，跟像是有病在身的、苍白瘦弱的老板娘问了一下洗手间的位置。上完洗手间，回来经过那个房间时，刚才那个最年轻漂亮名叫小千惠的小姐站在那里，似乎是在等着我。她亲切地笑着问我："肚子不饿么？"

---

① 古希腊、古希伯来等地的重量及货币单位。

"是的，不过，我带了面包。"

"这里什么吃的也没有……"病恹恹的老板娘无精打采地侧身靠坐在长火盆①旁说，"就在这屋里吃点吧。陪着那帮酒鬼，整个晚上就别想吃东西了。过来这边坐下吧。千惠子，你也一起吧。"

"喂！阿绢！没酒了！"隔壁的绅士嚷嚷着。

"来了，来了！"

那个叫阿绢的三十岁上下的女招待，穿着别致的条纹和服，一边应答，一边端着搁了十壶酒的盘子从厨房里走了出来。

"等一下。"老板娘叫住她，"给这儿也来两壶。"

"还有，阿绢，不好意思，麻烦你去后面铃屋叫两碗乌冬面，要快一点！"

我和小千惠并排坐在长火盆边上，伸手烤火。

"盖上点被子吧。天越来越冷了。要不要喝点酒？"

老板娘把酒壶里的酒倒在自己的茶杯里，然后又往另外两个茶杯里也倒了酒。

我们三个人默默地喝着酒。

"大家酒量都不错啊！"不知为何，老板娘沉静地这么说道。

---

① 日本江户时期宽政年间（1789—1801）开始在民间广泛普及的一种取暖设备。长火盆一般将火盆置于长方形木箱中，木箱右侧设有三四个小抽屉。

这时，外面传来了店门被"嘎啦嘎啦"地拉开的声音。

"上原先生，我把钱带来了。"是一个年轻男子的声音，"总之，我们社长呢，就是个铁公鸡。跟他要两万块，好说歹说，才给了一万块。"

"支票么？"是上原先生嘶哑的声音。

"不是，是现金。对不住！"

"算了，就这样吧。我给你写个收条。"

这期间，那首"断头台，断头台，咻噜咻噜咻！"的干杯之歌，席上一直唱个不停，从未间断。

"阿直呢？"老板娘一脸认真地问小千惠。我不由得吓了一跳。

"不知道呀，我又不是专门看管他的人。"小千惠有些惊慌，脸色通红，十分可爱。

"最近他是不是和上原先生有什么不愉快？以往总是在一起的呀。"老板娘不慌不忙地说。

"听说喜欢上跳舞了，说不定还找了个舞女做女朋友了呢。"

"阿直这个人呐，又是酒又是女人的，真是不像话啊。"

"还不是上原先生教导有方。"

"不过，阿直本身也有问题，那么个落魄公子哥儿……"

"那个……"我微笑着插嘴。我觉得如果一直不作声，反而对她们俩有失礼貌，"我是直治的姐姐。"

老板娘似乎非常惊讶，重新打量着我。小千惠倒是十分平静，她说："脸长得很像啊！刚刚看到您站在黑乎乎的土间那里，我就吃了一惊，还以为是阿直呢。"

　　"原来是这样啊。"老板娘换了个语气说，"跑到这么寒碜的地方来，真够难为您的……那，您跟上原先生是以前就相识的么？"

　　"是的，六年前见过面……"我说不下去了，低下头，眼泪差点流了出来。

　　"让你们久等了。"女招待端来了乌冬面。

　　"吃吧，趁热。"老板娘招呼道。

　　"谢谢！"

　　我把脸扎进乌冬面冒出的热气里，哧溜哧溜地吃起了面条。这一刻，我觉得自己真正体会到了什么叫做人生的极致凄凉。

　　"断头台，断头台，咻噜咻噜咻！断头台，断头台，咻噜咻噜咻！"上原先生低声地哼着歌，走进我们的房间来。他来到我旁边，咚的一声盘腿坐下，默默地把一个大信封递给了老板娘。

　　"就这么点儿呀。剩下的可不能赖账哦！"

　　老板娘看也不看信封里装了什么东西，就把它收进了长火盆的抽屉里。

　　"会还你的。剩下的账，明年结吧。"

"又说这种话。"

一万块。有这么多钱，可以买多少灯泡啊。就说我吧，要是有这么多钱，就能轻轻松松地生活上一年了。

啊！总觉得这些人不对。不过，或许跟我追求恋情一样，他们如果不这么做的话便活不下去了。人来到这个世上，无论如何也要挣扎着活下去——既然如此，那么这些人挣扎着活下去的样子也不应该受到憎恨。活着。活着。啊！这是一件多么令人难以承受、难以喘息的艰难事业！

"总之啊，"隔壁的绅士说，"今后要想在东京生活下去，必须能够面不改色地说出'您好'这种极为轻薄的问候，否则是绝对行不通的。现在跟我们要求什么稳重啦、诚实啦之类的美德，简直就像看见人家上吊还去拽他的腿一样。稳重？诚实？呸！这样还活得下去！假如做不到满不在乎地说一声'您好'，那就只剩下三条路。一条是回家种地，一条是自杀，还有一条就是靠女人吃软饭。"

"哪一条道儿都走不通的可怜虫，至少还剩最后一个手段……"另一个绅士说，"那就是敲上原二郎一记竹杠，喝个痛快！"

"断头台，断头台，咻噜咻噜咻！断头台，断头台，咻噜咻噜咻！"

"今晚没地方住吧？"上原先生自言自语般低声问道。

"我么？"

我觉得自己像一条扬起了镰刀形脖颈的蛇。一种近似于敌意的感觉让我紧紧地绷住了自己的身体。

"跟大家挤在一起睡，行么？很冷的。"

上原先生嘟囔道，他对我的气恼毫不在意。

"这不合适吧。"老板娘插嘴道，"怪可怜的。"

"啧！"上原先生咂了咂嘴，"既然如此，那就别来这种地方好了。"

我没有作声。这个人显然已经读过我写的信了，而且比任何人都要爱我。我从他说话的语气中一下子就觉察到了。

"真是没办法！要不上福井那里拜托看看吧。小千惠，能不能帮我带她过去？不行，两个都是女的，路上可能不安全。真是麻烦呐！老板娘，麻烦你悄悄地把她的鞋子拿到厨房那边，我送她过去。"

外面一片夜深人静。风小了一些，满天星光。我们并肩走着。

"其实，跟大家挤着一起睡也好，什么也好，我都可以的……"

上原先生只是用充满睡意的声音回答："嗯。"

"您是想我们俩单独待在一起，对么？"

我说完笑了。上原先生撇了撇嘴，苦笑着说："就是因为这个，所以才麻烦嘛。"

我深深地意识到，他是非常疼爱我的。

"您喝得可真不少啊！每天晚上都这么喝么？"

"没错，每天都喝。从早喝到晚。"

"很好喝么？酒。"

"不好喝啊！"

上原先生说这句话的声音不知为何让我打了一个寒战。

"您的创作呢？"

"一塌糊涂！不管写什么都觉得荒唐透顶。真是悲哀极了，无药可救！生命的黄昏。艺术的黄昏。人类的黄昏——全都是装腔作势！"

"郁特里罗①。"我几乎是下意识地说道。

"啊，郁特里罗，好像应该还活着吧。酒精中毒者，行尸走肉。最近十年，这家伙的画都俗不可耐，没一幅好的。"

"不只是郁特里罗吧？其他大师们也都……"

"是的，都衰败了。可是，新出的嫩芽还没等长大就已经衰败了。霜，Frost。整个世界都被一场不合时宜的霜压住了。"

上原先生轻轻地搂着我的肩膀，我的身子被他和服外套的袖子裹住了。我没有拒绝，反而紧紧地依偎着他，慢慢地走着。

---

① 莫里斯·郁特里罗（1883—1955），年少时曾因酗酒过度而无法工作，后在其母亲的支持下开始学习绘画，并成为著名的法国街道景色画家。

路旁的树枝。没有一片叶子的树枝，又细又尖地刺向夜空。

"树枝真美啊！"我情不自禁地自言自语道。

"嗯，花儿和漆黑的树枝的和谐……"他有些狼狈地说。

"不，我喜欢这样的树枝，上面没有花、叶子、嫩芽，什么都没有。即便这样，它仍然顽强地活着，跟枯枝可不一样。"

"只有大自然不会衰败啊！"说完，他又接连打了好几个大喷嚏。

"是不是感冒了？"

"不，不，不是的。实际上，这是我的一个怪癖。喝酒一喝到饱和点，立刻就会这样打喷嚏。简直像个醉酒测量仪似的。"

"恋爱呢？"

"啊？"

"有没有什么人？你跟她进展到饱和点那种的？"

"胡说什么呀！别拿我开心。女人呐，都一样，麻烦死了！断头台，断头台，咻噜咻噜咻！其实呢，有一个，不对，应该说有半个！"

"我的信，您看了么？"

"看了。"

“您的回复呢？”

“我讨厌贵族。不管怎样，他们身上总是带着那么点令人作呕的傲慢。你的弟弟阿直，作为贵族，他是个了不起的男人。但是，时不时，他总是会暴露出一些自命不凡的地方，让人不想继续跟他打交道。我是个乡下农民的儿子，每当路过这种小河的时候，都会想起小时候在家乡的小河里钓鲫鱼、捞鳉鱼的情景，让人感慨不已。”

沉沉的夜幕下，一条小河发出细微的声响轻轻地流淌着。我们沿着河边的道路走着。

“可是，你们贵族根本无法理解我们的感伤，何止如此，你们甚至蔑视！”

“屠格涅夫呢？”

“那家伙是个贵族，所以我讨厌他。”

“可是，《猎人笔记》……”

“嗯，只有那部作品还算可以。”

“那本写的就是农村生活的感伤……”

“那个家伙是个乡下贵族——这么说可以了吧？”

“我现在也是个乡下人了。我还下地种田呢！是个乡下的穷人。”

“你现在还喜欢我吗？”他的语气非常粗暴，“还想要有我的孩子吗？”

我没有回答。

他的脸以岩石滚落般的气势凑了过来，不由分说地吻住我。这个吻充满了性欲的味道。我一边接受着他的吻，一边落泪，那是类似屈辱和懊恼的苦涩的泪水。泪水不断地从眼中涌出，怎么也止不住。

之后，我们继续肩并肩地走。

“糟了！迷上你了！”他说完，笑了。

我却笑不出来。我皱着眉头，噘着嘴。

无可奈何。

如果用语言来表达的话，就是这种感觉。我发现自己脚下拖着木屐在走路，不成样子。

“糟了！”这个男人又说了一遍，“走到哪儿算到哪儿吧。”

“装模作样。”

“你这个家伙！”

上原先生用拳头捶了一下我的肩膀，接着又打了一个大喷嚏。

叫作福井的这位先生家里，好像所有人都已经睡了。

“电报！电报！福井先生，电报！”上原先生大声地喊着，敲着玄关的门。

“是上原么？”屋里传来一个男人的声音。

“没错。王子和公主来此求住一宿。天寒地冻，一个劲儿地打喷嚏。好不容易来一场为爱私奔，结果落得跟滑稽剧似的。"

玄关的门从里面打开了。一个五十好几、秃着头的小个子老头穿着华丽的睡衣，脸上挂着怪异、腼腆的笑容迎接我们。

"拜托了！"

上原先生说完这一句，斗篷也没脱，就迅速走进屋里。

"画室太冷了，不能住。我借二楼吧。过来。"

他说着，拉起我的手，穿过走廊，爬上走廊尽头的楼梯，走进一个漆黑的房间，"啪"地拧开了角落里的电灯开关。

"像是餐馆的房间似的。"

"嗯，暴发户的品位。不过，那种三流画家真是不配住在这里。那家伙真是狗屎运，这房子居然躲过了空袭，不好好利用怎么行！好了，睡吧，睡吧！"

上原先生像是在自己家里似的，擅自打开壁橱，取出被褥铺好，说："你就睡这里吧。我先回去了。明天早上过来接你。厕所在楼梯下去右手边。"

"噔噔噔噔"——他像是直接从楼梯滚了下去似的，动静很大地离开了。之后，四周便陷入了沉寂之中。

我又拧了一下开关，把电灯关了。我脱下了天鹅绒外套，那料子还是父亲以前从外国买回来的，解开腰带，身上穿着和服就钻进了被窝。可能因为太过疲劳，加上喝了酒的缘故，浑身无力，很快便坠入了梦乡。

　　不知什么时候，那个人睡到了我的身旁……我无言地拼命抵抗将近一个小时，忽然觉得他有些可怜，便放弃了挣扎。

　　"不这么做，您就不能安心吧？"

　　"嗯，算是吧。"

　　"您是不是把身体弄坏了？咳血了吧？"

　　"你怎么知道的？实际上，前一段时间咳得相当吓人，我谁也没告诉过。"

　　"您身上有一种味道，跟我母亲去世前一模一样。"

　　"还不是因为我豁出命地喝酒。我觉得活着实在太悲哀了。不是什么惆怅、寂寞之类的闲情逸致，而是悲哀。当阴郁的叹息从四处传来，怎么可能有专属于我们自己的幸福？活着的时候，自己的幸福和光荣都绝不可能存在——当一个人明白这一点时，会是什么样的心情呢？努力，那种东西，只会成为饥饿的野兽的诱饵。悲惨的人太多了……我这么说，是在装腔作势么？"

　　"不是。"

　　"只有恋情，就像你信上说的那样。"

　　"是的。"

　　我的那份恋情，已经消失了。

　　天亮了。屋子里透进了淡淡的亮光。我深深地端详着躺在身旁的他的睡脸。那是一张不久即将死去的人的脸，一张精疲力竭的脸。

牺牲者的脸。高贵的牺牲者。

我的爱人。我的彩虹。我的孩子。可恨的人。狡猾的人。

我觉得这是一张独一无二、非常非常美丽的脸，我的恋情似乎再次复苏，我的心怦怦直跳。我抚摸着他的头发，主动吻了他。

如此悲伤的一段恋情，终于实现了。

上原先生闭着眼睛抱住了我："是我太自卑了。因为我是个平民的孩子。"

我再也不离开他了。

"我现在很幸福。即便四处传来叹息的声音，我现在的幸福感也达到了饱和点，幸福得都想打喷嚏了！"

上原先生呵呵笑了。

"可是，太晚了，已经黄昏了。"

"是早晨啊！"

就在这个早晨，弟弟直治自杀了。

# 七


直治的遗书。


姐姐：

我不行了，先走一步。

我完全不明白，自己为什么非得活下去不可。

想要活着的人，活下去就好了。

人有生存的权利，同样，人也应该有死亡的权利。

我的这种想法一点也不新奇，如此理所当然、堪称原始本能之事，世人们却对它忌惮不已，无法直截了当地说出口。

想活下去的人，不管遇到什么事情，都会顽强地坚持活下去。这非常了不起，甚至可以说是人类的楷模，周边肯定有这样的例子。可是，我认为死亡也并非罪过。

我觉得我这棵草，在这个世上的空气与阳光中难以生存。想要活下去的话，我总觉得自己像是哪里缺了一块什么似的，不够完整。能够活到今天，我已经是竭尽全力了。

进了高中之后，我第一次跟坚韧强悍的草根朋友开始交往，他们来自跟我出生成长的阶级完全不同的阶级。为了不被他们的气势压倒，不输给他们，我开始吸食毒品，以半疯狂的状态拼死抵抗。后来，我进了部队，在那里我依然把吸食鸦片作为生存最后的手段。姐姐恐怕不会理解我的这种心情。

我想要变得下流，想要变得强大——不，是想要变得强横粗暴。我以为这是成为所谓的民众之友的唯一途径。仅仅靠喝酒是远远不够的。我必须让自己经常处于昏头昏脑的状态才行。为此，我只能选择吸毒。我必须忘记家庭，必须反抗父亲的血统，必须拒绝母亲的优雅，必须对姐姐冷漠。我一直认为，如果不这么做，便得不到进入民众房间的入场券。

我变得下流了。我开始说一些下流的话。可是，其中一半，不，百分之六十属于悲哀的临阵磨枪，是蹩脚的小把戏。对民众而言，我仍然是一个装模作样、自命不凡、令人尴尬的男人。他们根本不会真正地敞开心胸跟我交往。然而，事到如今，我也无法再回到之前自己已经抛弃了的沙龙。现在，我的下流，即便其中百分之六十是临阵磨枪，剩下的百分之四十却是名副其实的下流了。我对所谓的上流沙龙那俗不可耐的高雅几欲作呕，一刻也忍受不了。另一方面，那些被称作大人物、达官显贵的人，想必也对我的恶劣行径感到愕然，会立刻把我扫地出门吧。我无法回到被自己抛弃的世界中去，而民众那边只是给了我一个充满恶意、过度客套的旁听席。

不论什么年代，像我这样没有什么生活能力、存在缺陷的小草，毫无思想之类可言，只能面对自然消亡的宿命。不过，我也有一些缘由要说明。我感觉一些情况令我非常难以生存。

人都是一样的。

这究竟算不算思想呢？我觉得发明了这个不可思议的说法的人既不是宗教家，也不是哲学家或艺术家。它是从大众酒馆里冒出来的，就像长了蛆虫似的，不知从何时开始，也不知道是谁最先说的，总之乌泱乌泱地不断涌出，蔓延至全世界，把世界变得逼仄局促。

这个不可思议的说法跟民主主义、马克思主义毫不相干。它一定是酒馆里丑男人砸向美男子的话。只是焦虑、嫉妒罢了，根本谈不上什么思想。

然而，这句酒馆里炉火中烧的怒吼居然伪装成思想的模样，在民众中大行其道。它原本与民主主义、马克思主义毫不相干，却不知从何时开始，竟然跟政治思想、经济思想扯上了关系，奇特地变成了一种卑劣的布局。这种把荒唐的胡说八道偷换成思想的把戏，即便是梅菲斯特①，也会感到良心有愧，踌躇不前的。

人都是一样的。

这是多么卑屈的说法啊。它让人们在贬低别人的同时也贬低自己，失去所有自尊，彻底放弃所有努力。马克思主义主张劳动者的优先地位，并没有说"人都是一样的"。民主主义主张个人的尊严，也没有说"人都是一样的"。只有皮条客才会这么说："嘿嘿，再怎么装模作样，还不都是一样的人？"

为什么说"一样"呢？为什么不能说"优秀"呢？这是奴隶劣根性的报复。

我认为，这句话相当猥琐，令人毛骨悚然，使得人们互相忌惮，所有思想被强奸，努力被嘲笑，幸福被否定，美貌被玷污，光荣被践踏，所谓的"世纪的不安"都是发端于这不可思议的一句话。

虽然我讨厌这句话，但我仍然受其胁迫，害怕得瑟瑟发抖，不管做什么都羞愧难当，惶惶不可终日，战战兢兢，无处容身。我只好索性依赖于酒和毒品带来的眩

---

① 歌德所创作的《浮士德》中的魔鬼。

晕，求得片刻的安宁，结果让自己落入了悲惨的境地。

我很脆弱吧？我是一棵有着重大缺陷的小草吧？而且，像这样列举了一堆歪理，只怕会被那皮条客嗤之以鼻："什么嘛！本来就游手好闲，不过是一个懒惰、好色、自私任性的享乐派公子哥罢了！"以前，即使被人那么说，我也只会自惭形秽，含含糊糊地点头承认。可是，在临死之前，我想说一句抗议的话。

姐姐。

请相信我！

我在玩乐中也从不快乐。也许我得了"快乐阳痿症"。我只不过想要逃离贵族这个自身的影子，才会陷入疯狂、拼命玩乐、肆意放纵的。

姐姐。

我们真的有罪么？生为贵族，这是我们的罪么？仅仅因为出生在这样的家庭，我们就不得不像犹大的家人那样，永远惴惴不安、心怀忏悔、羞愧难当地活着。

我应该更早一点去死的。可是，唯一让我放不下的是妈妈的爱。想到这一点，我就没办法选择死。人在拥有自由生存的权利的同时，也拥有随时任意结束自己生命的权利。然而，我认为，在"母亲"在世的时候，必须暂时放弃死的权利。因为那意味着同时杀死了"母亲"。

如今，即使我死了，也没有人会悲痛欲绝、伤及身体了。不，姐姐，我知道你们失去我之后，会悲伤到什么程度。不，还是省去那些虚饰的感伤吧。你们得知我死了之后，一定会哭泣的。不过，我想，假如你们想到我活着的痛苦，以及我从那讨厌的人生中彻底解放出来的喜悦，你们的悲伤就会渐渐消失。

假如有人未曾对我伸出援手，却在嘴上冠冕堂皇地批判、指责我的自杀，认为我应该坚持活下去，那么他们一定是那些可以满不在乎地建议陛下去开水果店的所谓大人物。

姐姐。

我还是死了好。我毫无所谓的生活能力，没有能力为了金钱与人争斗，就连蹭吃蹭喝也做不到。跟上原先生一起玩，我自己的那份钱我总是自己付清。上原先生说这是贵族小里小气的自尊，他非常讨厌这一点。可是，我并非是出于自尊才这么做的。我只是害怕把上原先生工作赚来的钱用在无聊的吃喝和找女人上，我实在做不到。如果简单地归结为自己尊重上原先生的工作，那也是假话。我其实也不是非常明白。只是害怕让别人请客，尤其花的是对方凭自己本事赚来的钱时，我心里更是难受、痛苦得不得了。

于是，我只能把家里的钱或者值钱的东西拿去花销，让妈妈和你伤心，我自己也丝毫没有感到快乐。出版社之类的计划只不过是个遮羞的幌子，实际上根本没有那个心思。即使真心想尝试，像我这样连别人请客都羞于接受的男人，想要赚钱，简直是天方夜谭。即使我再愚笨，这一点还是有自知之明的。

姐姐。

我们变成穷人了。本想着有生之年做东请客，可如今必须靠别人施舍才能活下去了。

事已至此，我为什么还非得活着呢？已经不行了。我决定去死。我有可以让自己轻松死去的药，是当兵时弄到手的。

姐姐长得很美（我一直以美丽的母亲和姐姐为荣），而且贤惠聪明。对于姐姐，我一点儿也不担心。我甚至没有担心的资格，感觉就像是盗贼担心受害者的境遇似的，羞愧至极。我想姐姐一定会结婚生子，依靠丈夫活下去的。

姐姐，我有一个秘密。

长期以来，我一直深藏着这个秘密。即使在战场上，我也一直思念着她。不知道多少次，我在梦里见到她，可梦醒之后便黯然神伤。

那个人的名字，我绝对不会告诉任何人。我马上就要死了，我想至少跟姐姐好好说一下。但还是害怕得不行，实在无法说出她的名字。

　　然而，假如我把这个秘密作为绝对的秘密，不跟这世上的任何人吐露，埋藏在心底死去的话，即使我的遗体被火化了，心底埋藏秘密的那个部分依然会被烧剩下来，发出腐臭的味道——这让我非常不安。所以我想以拐弯抹角的方式，当作一个虚构的故事，隐晦地告诉姐姐一个人。虽说是虚构，但姐姐一定马上就会猜到对方是谁。与其说是虚构，不如说只是用了假名①作为障眼法而已。

　　姐姐，你知道她么？

　　姐姐应该知道那个人的。不过，可能还没有见过面。她比姐姐年长一些，单眼皮，眼角上扬，头发从未烫过，总是结结实实地梳着一种叫作垂髻的普通发型。衣着简陋，却一点也不邋遢，总是十分利落、整洁。她是一位中年油画家的太太。她丈夫在战后接连发表了许多笔触新颖的作品，一下子声名鹊起。那位油画家非常粗暴、放荡，但她却装作毫不在意的样子，总是温柔地微笑着。

　　我站起身说："那么，我告辞了。"

　　她也站了起来，毫无戒心地走到我身边，抬头望着

---

① 日语的表音字母。

我问："为什么？"

声音不高也不低。她仿佛真的有些不解似的，轻轻地歪着头，注视着我的眼睛好一会儿。她的眼睛里没有任何的邪念与娇饰。一向以来，我跟女的对视时会慌乱地避开视线。但唯独那次，我一点都不觉得羞怯。两个人的脸隔着一尺左右的距离，我十分愉快地凝视着她的眼睛大约六十秒，或者更久。最后，我忍不住微微一笑："可是……"

"他马上就会回来的。"

她依然一脸认真地说。

我忽然想到，所谓的"真诚"，不就是用来形容这种表情的么？它不是带着修身教科书气息的、庄严的美德，"真诚"这个词语表达出来的本来意义上的美德应该就是这种可爱的表情。

"我还会再来的。"

"是么。"

自始至终都是些极为平常的对话。一个夏日的午后，我去那个油画家的公寓拜访他。画家不在家里，他太太说："应该马上就会回来了，您进来等会儿吧。"我接受了邀请，走进屋里，看了大约三十分钟杂志什么的，画家仍不像要回来的样子，于是起身告辞。仅此而已。然而，我却痛苦地爱上了那一天那一刻她的那双眼眸。

高贵——应该可以用这个词语来形容吧。我敢断言，在我周围的贵族中，除了妈妈，没有一个人拥有那般毫无戒心的"真诚"的眼神。

之后，一个冬日的黄昏，我被她的侧影深深地打动了。那天，还是在那个油画家的公寓里，画家拉着我作陪，一大早就围坐在被炉旁喝酒。我跟画家一起把日本的所谓文化人贬低得一文不值，笑得前仰后翻。不久，画家醉倒后鼾声如雷地睡着了，我也躺下打起盹来。迷迷糊糊中，感觉有人轻轻地给我盖上了毛毯。微微睁眼一看，只见东京冬日黄昏的天空透着淡淡的蓝色，太太抱着女儿悠闲地坐在公寓的窗边，太太端庄的侧影在远处淡蓝天空的映衬下，像是文艺复兴时期的侧影画像般，轮廓极为清晰地浮现出来。她轻轻地替我盖上毛毯的温柔既不是诱惑，也不是欲望。啊！"人性"一词不正是适用于这种时刻，并自此获得生命力的么？她的举动几乎是无意识地表现了作为人应有的慈悲。她一如画作般宁静地眺望着远方。

我闭上眼睛，心中充满了对她的依恋、爱慕，几近疯狂。泪水从眼眶中涌出，我连忙拉起毛毯盖住了头。

姐姐。

我去那个油画家家里玩，起初是因为他的作品笔触独特，其作品中隐藏着的狂热的激情让我醉心。然而，随着交往的深入，他没有教养、胡说八道、卑鄙无耻的一面让我十分失望。与此形成反比，他太太的心灵之美好，却深深地吸引了我——不，应该说我出于对一个真诚有爱的人的思念、爱慕，迫切地想要看一眼她，所以我才去画家家里玩的。

现在，我觉得，倘若那个油画家的作品里多少展示出一点艺术的高贵气息的话，那一定是他太太美好心灵的反映。

关于那个油画家，我现在可以坦白地说出自己的真实感受了。他只不过是一个好酒贪杯、喜欢玩乐、投机取巧的商人。为了有钱享乐，他在画布上胡乱涂鸦，然后借着流行的风潮，故弄玄虚，高价卖出。他所具有的，不过是乡下人的厚颜无耻、狂妄自大以及狡诈的生意经，仅此而已。

恐怕他对别人的画作，不管是外国人也好日本人也好，都一窍不通吧，甚至对他自己画的画都道不出个所以然来。不过是为了弄到享乐的钱，拼命地在画布上涂抹颜料罢了。

更让人吃惊的是，他对自己的这些荒唐行径居然没有丝毫的怀疑、羞耻与恐惧。

他只是一味地自鸣得意。怎么说呢，这种人连自己的画都弄不明白，就更别提弄明白别人的作品了。所以，他对别人只有贬低。

总之，那个人对自己的颓废生活，嘴上虽然也说什么这苦那苦的，实际上不过是一个愚蠢的乡下人来到了向往已久的都市里，意外地获得了连他自己也不曾想过的成功，于是得意忘形，整天吃喝玩乐。

有一次，我说："当朋友们都在玩乐的时候，自己一个人在学习，就觉得很难为情，心里十分恐惧，实在受不了。所以，就算一点也不想玩，也会加入他们一起玩。"

那个中年油画家听了之后，不以为然应道："咦？这就是所谓的贵族气质么？真讨厌！我呢，要是看到别人在玩，会想自己如果不玩那就吃大亏了，于是就玩个痛快！"

我当时真是打心眼里瞧不起他。这家伙对放荡的生活没有感到任何的烦恼，甚至以荒唐的放纵为荣，是个彻头彻尾的享乐派蠢货。

不过，关于这个油画家的坏话，我继续说得再多，也跟姐姐没有关系。而且，在我将死之际，还是会想起我跟他之间的交往，忍不住有些怀念，有一种想跟他再见上一面玩一次的冲动。我对他没有丝毫的怨恨。他也是个寂寞的人，身上有许多非常好的优点，我不再说他什么了。

　　我只是希望姐姐知道，我爱上了那个人的太太，为她踯躅徘徊，饱受煎熬。所以，姐姐你知道了之后无须去告诉别人，或想成全弟弟生前的愿望等等，可千万不要去做那种矫情、多余的事。只要姐姐一个人知道，并且悄悄地在心里想"啊，原来如此"，那就可以了。倘若还可以再贪心一点的话，希望我的这番令人羞愧的告白，至少让姐姐更深一步地了解我迄今为止的人生的痛苦，那我就心满意足了。

　　有一次，我梦见自己和太太手握在一起，她还告诉我，她也早就喜欢着我了。梦醒之后，我的手心还残留着她手指的余温。我想，我应该知足了，必须死心了。我不是害怕道德，而是非常害怕那个半疯狂的，不，几乎可以说是个疯子的油画家。我想让自己死心，想把心里的那团火往别的方向引，便开始来者不拒地跟各色各样的女人鬼混，有一个晚上，甚至连那个油画家都对我皱起了眉头。我想尽一切办法试图从太太的幻影中逃离出来，忘记她，当作一切都没有发生过。可是，我做不到。说到底，我是个只能爱上一个女人的男人。我可以明确地说，除了那位太太，我从未觉得其他哪个女友美丽或者可爱。

　　姐姐。

在我死之前，让我写一次她的名字。

……阿菅。

这是那位太太的名字。

昨天，我把一个根本不喜欢的舞女（这个女人天生有些傻气）带回山庄，并不是为了今早寻死赶回来的。尽管我已经打算近期一定要结束生命。不过，昨天带女人回山庄，是因为她缠着要我带她去旅行。我在东京也玩累了，心想带这个蠢女人在山庄休息两三天也不坏，虽然对姐姐来说可能有些不方便。总之把她带到这里来了，不料姐姐要去东京看望朋友。那时，我突然想到，要死就趁现在。

很早以前，我就想死在西片町宅子靠里头的房间里。无论如何，我也不愿意死在街头或野外，被那些看热闹的人翻弄尸体。可是，西片町的宅子卖给了别人，如今我只能死在这座山庄里了。然而，一想到假如姐姐第一个发现我自杀了，姐姐将会如何地惊愕、恐惧，便觉得在只有姐弟两人在家的夜里自杀，心情将十分沉重，实在无法做到。

这真是一个好机会。姐姐不在家，还有一个傻乎乎的舞女，可以成为第一个发现我自杀的人。

昨晚，我们两个人一起喝了酒，我让她睡在二楼的西式房间，自己来到楼下妈妈过世的房间里铺好被褥，开始写这篇悲惨的手记。

姐姐。

我已经没有任何希望了。再见。

说到底，我的死是自然死亡。因为只有思想的话，人是死不了的。

另外，我还有一个非常难为情的请求。妈妈的遗物中，有一件麻料的和服。那件和服姐姐帮我改好了，说是让我明年夏天穿。请把那件和服放进我的棺内，我想穿。

天色将明。这些年来，我让姐姐受累了。

再见！

昨晚的酒，已经彻底醒了。我是在清醒的状态下死去的。

再说一次再见！

姐姐。

我是贵族。

# 八


梦一场。

所有人都离我而去了。

办完直治的后事之后的一个月,我独自住在冬天的山庄里。

我心情平静如水地给那个人写了一封信。这恐怕是最后一封信了。


看来,您好像也把我抛弃了。不,是渐渐地把我淡忘了。

不过,我是幸福的。我似乎如愿以偿地怀上了孩子。我现在感觉自己好像失去了一切,但是肚子里的小生命将成为我孤独的微笑的种子。

不管怎样,我都不会认为这是个肮脏卑劣的失误。最近我也开始明白了,这个世界上为什么会有战争、和平、贸易、工会、政治等等存在。您大概不知道吧?所以才会一直不幸。让我来告诉您吧，那都是为了让女人生下好孩子。

我从一开始就没有对您的人格、责任感之类的抱什么指望。我那孤注一掷的恋爱冒险是否能够成功，才是问题的关键。我的愿望达成了，所以现在我的心里平静得就像森林里的沼泽似的。

我觉得我胜利了。

马利亚生下的虽然不是她丈夫的孩子，但只要她拥有荣光，他们也是圣母和圣子。

我毫不在意地无视旧的道德，得到了一个好孩子——我已心满意足。

自那以后，您依然唱着那首"断头台，断头台，咻噜咻噜咻！"跟那些绅士小姐一起饮酒作乐，过着颓废的生活吧？不过，我不会劝您停止那种生活的。那应该是您最后的抗争形式了。

把酒戒掉，把病治好，长命百岁，做一番事业——这种敷衍的客套话，我已经不想再说了。比起"做一番事业"，不如豁出命去，将"不道德的生活"进行到底，也许那样反而会从后人那里获得感谢。

牺牲者。道德过渡期的牺牲者。您和我一定都属于这一类人吧。

革命，究竟在什么地方进行呢？至少，在我们的周围，旧的道德依然如故。它没有发生任何变化，挡住了我们的去路。大海的表面尽管波涛汹涌，但底下的海水却毫无动静，佯装睡得正酣，还谈什么革命！

可是，我认为在之前的第一轮战斗中，自己以微弱的优势战胜了旧的道德。接下去，我要跟即将出生的孩子一起，迎接第二回合、第三回合的战斗。

生下自己所爱的人的孩子并把孩子抚养成人，对我而言，这便是我的道德革命的完成。

即使您把我忘了，或是因为酗酒丢了性命，我也会为了完成我的革命，坚强地活下去。

您在人格方面存在的问题，最近我从某人那里听到了许多。不过，让我变得如此坚强的是您，在我心中架起了革命的彩虹的是您，给了我活下去的目标的也是您。

我以您为荣。并且，会让将来出生的孩子也以您为荣。

私生子及其母亲。

我们会跟旧的道德永远抗争下去，像太阳似的活着。

请您也将您的抗争继续下去吧。

革命尚未进行，连一点点动静都没有。恐怕需要更多更多可贵的、高贵的牺牲。

现在这个世上，最美丽的是牺牲者。

如今，又多了一个小小的牺牲者。

上原先生。

我本来不想求您任何事情，但是为了这个小小的牺牲者，我只求您一件事。

请让您的太太抱一抱我生下的孩子，抱一次就可以。到时候，请允许我这么说："这是直治让一个女人偷偷生下的孩子。"

为什么这么做，这一点我不能告诉任何人。不，连我自己都不太明白，为什么想要那么做。可是，无论如何希望您能允许我那么做。为了那个叫作直治的小小牺牲者，请您无论如何都要答应我。

您也许会感到不快吧？即使不快，也请您忍耐一下，就当这是一个被抛弃并且即将被遗忘的女人唯一一次小小的骚扰吧。请您务必满足我的愿望。

M. C My Comedian[①]

昭和二十二年二月七日

---

① 我的喜剧演员。

太宰治
**人间失格・斜陽**

**图书在版编目(CIP)数据**

人间失格・斜阳/(日)太宰治著;陈燕译. —上
海:上海译文出版社,2023.10
(译文经典)
ISBN 978 - 7 - 5327 - 9315 - 0

Ⅰ. ①人… Ⅱ. ①太… ②陈… Ⅲ. ①中篇小说-小
说集-日本-现代 Ⅳ. ①I313.45

中国国家版本馆 CIP 数据核字(2023)第 170454 号

**人间失格・斜阳**
〔日〕太宰治 著 陈 燕 译
责任编辑/姚东敏 装帧设计/张志全工作室

上海译文出版社有限公司出版、发行
网址:www.yiwen.com.cn
201101 上海市闵行区号景路 159 弄 B 座
上海中华印刷有限公司印刷

开本 787×1092 1/32 印张 8.5 插页 5 字数 116,000
2023 年 10 月第 1 版 2023 年 10 月第 1 次印刷
印数:0,001—6,000 册

ISBN 978 - 7 - 5327 - 9315 - 0/I・5806
定价:49.00 元